ISBN 978-7-107-20284-1

国家古籍整理出版专项经费资助项目

唐 宋 小 品 丛 书

欧明俊　主编

柳宗元小品

〔唐〕柳宗元◎著　冯直康　汤化◎注评

中州古籍出版社

· 郑州 ·

前　言

柳宗元（773~819），字子厚，河东解（今山西运城西南）人，世称柳河东。唐代著名思想家和文学家。贞元九年（793），进士及第。贞元十四年（798），登博学鸿词科，授集贤殿正字。顺宗时擢为礼部员外郎，参与王叔文政治革新运动，史称"永贞革新"。失败后，被贬为永州（今湖南零陵）司马。元和十年（815）奉诏回京，旋出为柳州（今属广西）刺史，卒于任上，故又称"柳柳州"。柳宗元与韩愈为中唐古文运动的领袖，并称"韩柳"，同列"唐宋八大家"。

柳宗元出身显宦世家，良好的家风祖训对他的影响很大。柳宗元少有才名，早有大志。韩愈曾赞其"少精敏，无不通达""虽少年，已自成人"。他甚至 13 岁时就代一个叫崔中丞的人写贺表（《为崔中丞贺平李怀光表》），今见的该贺表只余残稿153字，但文字就已经非常精熟了。刘禹锡为《柳集》作序，也说"子厚始以童子有奇名于贞元中"。柳宗元在长安高中进士后，更是意气风发，钦慕者众，韩愈谓其"踔厉风发，率常屈其座人，名声大振"。

安史之乱后，唐国力锐减，由盛而衰。一方面，宦官干政益甚，使得朝政更加腐败。另一方面，战乱使整个社会遭到了空前的破坏，生产力迅速削弱。再加上安史之乱削弱了封建集权，唐朝中央政府已无法有效地掌控地方，藩镇割据的局面愈演愈烈，百姓更是苦不堪言。内外忧患，李唐王朝已是江河日下。就是在这样的社会背景下，年轻的柳宗元开始登上历史舞台。

贞元十七年（801），他被任命为蓝田尉。贞元十九年（803）十月，奉诏调回长安，任监察御史里行，与官场上层人物交游更加广泛。与此同时，他对政治的黑暗内幕和制度的腐败开始有了更深的了解，也激发了他力求改革的强烈愿望。这一时期，他写了许多揭露时弊、表达政见的文章，如《梓人传》《种树郭橐驼传》等。此时的柳宗元在朝廷内外已有很高的声望。心高气傲、未及而立之年的他已经开始跃跃欲试，力图干出一番大事业来。只是，这个年轻的文学家根本没有预料到政治斗争会来得那么快，而且那么残酷。

顺宗李诵为太子时，就有变革新政之志。贞元二十一年（805）一月，李诵即位，他旋即任命王叔文为起居舍人，充翰林学士。又任命王伾为左散骑常侍，充翰林学士。王叔文则引荐了刘禹锡、柳宗元、韦执谊、程异、凌准、韩泰、韩晔、陈谏等人，形成了以"二王刘柳"为核心的革新派势力集团。柳宗元则迁为礼部员外郎，专门起草诏书和奏章等重要的文件。33岁的柳宗元就这样成了"永贞革新"改革派的核心成员之一。

改革派"谋议唱和，日夜汲汲如狂"（《资治通鉴》），大刀阔斧地推进改革。但在宦官和藩镇的联手打击之下，这场改革只持续了短短的一百多天。贞元二十一年（805）八月"永贞革新"宣告失败，革新的核心人物王伾被贬为开州司马，王叔文被贬为渝州司马（伾不久死于贬所，叔文翌年亦被赐死）。到了九月，贬刘禹锡为连州刺史，柳宗元为邵州刺史。未及到任，十一月，再贬刘禹锡为朗州司马，柳宗元为永州司马。

就这样，柳宗元也开始了十四年的贬谪生涯，而且再也没能够回到他所期望的权力中心。

政治上的失败是柳宗元个人世界的一个重大转折。这之前，他一直怀抱理想，专心政治，致力于"励材能，兴功力，致大康于民，垂不灭之声"。当然，也疏于文字，如其所谓"仆之为文久矣，然心少之，不务也"。但在远离权力中心的永州，他便有时间，也有精力投入到思想文化领域。仕途失意形成的独特时空反使他在文学创作上达到了一个新的高度。他留传下来的 700 多篇作品，绝大多数是在贬谪之后所写。

柳宗元诗文兼擅。诗歌现存 163 首，各体兼备。然文章的成就更高。他与韩愈共同倡导了唐代的古文运动，高举"复古"大旗，提倡学古文、习古道，一改六朝以来讲求声律及辞藻、排偶的骈文之风。

他重视艺术形式的作用，认为为文要有文采，但更强调注意道与文的主次关系，尤其要以文明道。他在《答韦中立论师道书》中对于为文之道有很明确的阐释，他从个人的创作经验出发，少年时追求"以辞为工"，到成年后则始悟"文者以明道"，表明了后者才是为文的目的。《报崔黯秀才论为文书》更是尖锐地批判了当时不重"及物之道"的浮华文风，以及"粉泽以为工"的错误方向，指出只有去掉"好辞工书"的弊病，才能使"及物之道，专而易通"，弘扬"及物之道"。作者借阐明"书""辞""道"之间的关系来辨明文学的价值，非常明确地指出文学的价值是"道"。这显示了柳宗元对为文之道的超识灼见和深刻的洞察力。

他提倡严肃、认真的写作态度，面对杜温夫所寄的十卷之文，虽说是"已略观之矣"，但实际上，他是看得比较细致的。他毫不客气地批评杜温夫混淆了助词的用法，"所谓乎、欤、耶、哉、夫者，疑辞也；矣、耳、焉、也者，决辞也。今生则一之"——连最基本的为文之法都未掌握，这就是为学基本功极不扎实的原因了，如何能写出好文章呢？动辄投文十卷，急于求进，未免不切实际。柳宗元希望对方能脚踏实地，读古人书，认真思考，细心辨析，纠正错误，在信的末尾一再嘱咐他"谨充之"，增加学识修养，勿眼高手低、汲汲于名利。

柳宗元的散文创作非常丰富，寓言讽刺文和山水游记是其中最富有创造性的两类。他把《庄子》以来仅作设譬之用的片断寓言，发展为完整的、更富于文学意味的独立短篇，而且直接用来讽刺现实生活中的丑恶现象，如《哀溺文》《三戒》《蝜蝂传》《黑说》等。在《蝜蝂传》中作者采用类比的手法，紧紧地将蝂的特性"好上高"、善负物与人事结合起来，从行为方式到态度，再到最终结局，无不形神一致、高度契合。官员们的"遇货不避"即为"行遇物，辄持取""苟能起，又不艾"，"日思高其位"就是"好上高"，寥寥数语，"世之嗜取者"雁过拔毛似的贪婪和追求高位、至死不悟的疯狂一览无遗。

柳宗元的讽喻不是无病呻吟、为文造情，而是建立在他对时局的关注、对黎民疾苦的关心和对自身处境的感叹的基础上的。他虽遭贬谪，但内心的追求从未改变过。在其名作《捕蛇者说》中，非常真切地就把永州百姓争先恐后，不辞劳苦，冒死捕蛇的情景显现出来，凸显了繁重的苛捐杂税之掠夺人性命，比之毒蛇，有过之而无不及的残酷的社会现实。《囚山赋》虽是表达自身的绝望与苦痛，但也刻画了恶劣的自然环境下百姓极为艰难的生活状况。作者毫不掩饰自己对百姓们遭遇的同情，这是多么博大的情怀！

还有柳宗元最为出色的山水游记散文。他的

山水游记文，多角度、多侧面地描绘了自然山川，表现了人对自然的健康的审美感。但又不只是模山范水，而是有新的拓展。他借山水写心境，抒发失意的情怀，表达对现实的感慨；也借景言志、情理交融，带有浓厚的主观感情色彩和思辨意味。这是前无古人的伟大杰作。《始得西山宴游记》开篇"自余为僇人，居是州，恒惴栗"，直接点出了自己作为罪人的身份和心态。及至"上高山，入深林，穷回溪。幽泉怪石，无远不到。到则披草而坐，倾壶而醉；醉则更相枕以卧，卧而梦。意有所极，梦亦同趣"，短促的句式进一步揭示了作者内心急于摆脱忧惧的急切，可以看出作者表面是在游山玩水，实际上却是要借景浇愁、寻求解脱。"然后知是山之特立，不与培塿为类"自是全文之文眼。西山地处偏远，却没有自惭形秽，自己贬谪远地，也不应该愁苦终日，更不应该偏离自己原先的立场与小人为伍。从某种意义上说，此时的西山就是作者自己，西山的高峻就是对作者要坚持自己高洁品性的昭示。

作者在宏大山水里获得了自我解脱的密钥，但实际上，他对人们所未能感知的细小之景也有非常独到的理解和感受，如钴鉧潭颇有特色的激流飞瀑、愚丘很是奇异的争为奇状的山石、小石潭令人释然的鱼人之乐，甚至是一般人眼里根本看不上的石渠的水流和树石，作者皆不肯放过，心思细密，探幽访胜，用心于此，情至其间，即便是小处，亦可见奇景，在作者的笔下别是一番风味。确如林纾所言："子厚才美，虽纪小景，亦有精神。"

当然，作为唐宋八大家的柳宗元，其成就及作品内容远不限于此，他对历史人物、对佛道之争都有非常独到的见解和精辟的论述，此不赘述。

本书选篇和注释部分，由汤化负责；前言和赏读部分，由冯直康负责。在编写过程中，得到文学院林靖葳、汤璐瑶、张敬怡、刘艺群、刘子琦、陈景妹、危净莹、何雪婷的大力帮助，谨致谢忱！编者学疏才浅，疏漏谬误之处定然不少，恳望方家不吝指教。

目　录

卷一　山水游记

卷二　说文论道

卷三　事理性情

卷四　其他

卷一 山水游记

青树翠蔓，蒙络摇缀，参差披拂。潭中鱼可百许头，皆若空游无所依。

始得①西山②宴游记

　　自余为僇人③，居是州，恒惴栗。其隙也，则施施而行，漫漫而游。日与其徒上高山，入深林，穷回溪，幽泉怪石，无远不到。到则披草而坐，倾壶而醉。醉则更相枕以卧，卧而梦。意有所极，梦亦同趣。④觉而起，起而归。以为凡是州之山水有异态者，皆我有也，而未始知西山之怪特。

　　今年九月二十八日，因坐法华西亭⑤，望西山，始指异之。遂命仆人过湘江，缘染溪，斫榛莽，焚茅茷。穷山之高而止。攀援而登，箕踞而遨，则凡数州之土壤，皆在衽席之下。其高下之势，岈然洼然，若垤⑥若穴，尺寸千里，攒蹙⑦累积，莫得遁⑧隐。萦青缭白⑨，外与天际，四望如一。然后知是山之特立，不与培塿⑩为类，悠悠乎与颢气⑪俱，而莫得其涯；洋洋乎与造物者游，而不知其所穷。引觞满酌，颓然就醉，不知日之入。苍然暮色，自远而至，至无所见，而犹不欲归。心凝形释⑫，与万化⑬冥合⑭。然后知吾向之未始游，游于是乎始，故为之文以志。是岁，元和四年⑮也。

【注释】

　　①得：发现。

　　②西山：在今湖南永州西。

　　③僇（lù）人：罪人。

　　④"意有"二句：意为平时意愿中想要达到的境界，梦中也会有同样的意趣。

　　⑤法华西亭：法华寺的西亭。寺在零陵城东，亭为作者出资兴建。

　　⑥垤（dié）：蚂蚁做窝时堆积在洞口的浮土。

　　⑦攒蹙（cuán cù）：紧密聚集。

　　⑧遁：隐匿。

　　⑨萦青缭白：青山白水，萦回缭绕。

　　⑩培塿（pǒu lǒu）：小土丘。

　　⑪颢（hào）气：清新洁白盛大之气，大自然之气。《文选·班固〈西都赋〉》："轶埃壒之混浊，鲜颢气之清英。"张铣注："鲜，洁也；颢，白也。言过埃尘之上以承洁白清英之露。"

　　⑫心凝形释：心神凝结无所思虑，形体消散而忘其存在。即忘我之境。语出《列子·黄帝》。

⑬万化：万物，大自然。

⑭冥合：在冥冥之中融合，浑然一体。

⑮元和四年：公元 809 年。元和（806～820），唐宪宗李纯的年号。

【赏读】

柳宗元左迁永州是其人生的一大转折。永州荒僻，但山水幽胜，这给了柳宗元很好的创作素材。他寄情山水，遣怀言志，开启了其文学创作的全盛时期。其中，被明人吴讷称之为"体之正"的《永州八记》就写于此时。本文即为《永州八记》的第一篇。文章很短，但颇具匠心。

明人谢榛在《四溟诗话》中云，文章"起句当如爆竹，骤响易彻"，但本文的首段与古人常使用的开门见山的手法大不相同。作者一开始并没有直接抒写文章的主旨，而是先表达出自己的心情——"恒惴栗"。此句甚为关键。其时，作者已经贬居于此五年了，时间是最好的良药，但这一定律似乎在作者身上不起作用，可见其"惴栗"之深、痛苦之甚。文章一开始即表明这种情绪，既显示了作者内心的痛苦程度，也为后文寻觅西山，进而改变忧惧之情留下了伏笔。

为了排遣这种痛苦，作者"日与其徒"寻觅胜境，

"无远不到"。但奇怪的是，作者既是特意为了排忧而去，该段却无一字描述其所见之景，反而花了大量的笔墨不厌其烦地细细描述自己游览西山之前的经历。实际上，这正是作者匠心所在。仅写自己的表现，一方面，当然可以看出作者对所游之处的失望和厌倦，一无可看，只好"倾壶而醉。醉则更相枕以卧""觉而起，起而归"。看情形，游览未解愁情，只不过是换了一个地方喝酒浇愁而已。另一方面，也是呼应文章题目中的"始得"二字。此二字如清人浦起龙言："'始得'有惊喜意，得而宴游，且有快足意，此扼题眼法也。"因为西山难得，美景难遇，故之前的无趣经历才能凸显出西山的特立独行与作者见到西山时的那种欣喜与欢悦。

　　第二段郑重交代出游的时间，足见此行与往常大不相同，给自己留下了极为深刻的印象。"遂命仆人过湘江，缘染溪，斫榛莽，焚茅茷"，一系列短促句式的使用很是巧妙，一石三鸟。一般而言，短促的句子，通常在场面紧急时出现，如《荆轲刺秦王》描写秦庭行刺的精彩片段："未至身，秦王惊，自引而起，袖绝。拔剑，剑长，操其室。时惶急，剑坚，故不可立拔。"句式短，语速快，气氛之紧张、动作之迅捷，跃然纸上。此处的事件并不紧急，但亦可看出作者急于摆脱内心忧惧之情的迫切与期待。同时，此句明写前往西山道路的艰难，也暗示了西山位置的偏远，这实际上暗合了自己与西山的共同处境。

登临西山，作者的表现与之前也迥乎不同。"箕踞"，两腿张开坐着之意。唐代正规礼仪仍然是以"正坐"为主，宋代以后才开始流行今天的坐姿。作为士大夫的柳宗元不会不知道正确的坐姿，此处特意强调"箕踞"，正是凸显了作者来到西山后暂别郁闷与愁苦之情，内心处于前所未有的自由与放松的状态，"始得"之意得以彰显。

有了自由的心态，才能够更好地欣赏周遭的美景。

西山之美，在于高峻。古人登高望远，多有感佩，也多有佳句。如"倚剑登高台，悠悠送春目"（李白），"不畏浮云遮望眼，只缘身在最高层"（王安石），"西北望长安，可怜无数山。青山遮不住，毕竟东流去"（辛弃疾），"前不见古人，后不见来者。念天地之悠悠，独怆然而涕下！"（陈子昂）……但作者并没有在此抒情，也没有对此进行正面刻画，而是以他物衬之。

先总写登临西山后的开阔视野。目力所及，一览无余，"数州之土壤，皆在衽席之下"，大有"一览众山小"之感。再辨析出平日所见的山地、峡谷"岈然洼然，若垤若穴"——山峰像个小土堆，极言其小，反衬出西山之高也！更有甚者，西山以下，山水相连、云雾缭绕。

如此壮美之景，慢慢消解了作者内心的郁冈与忧惧，更为重要的是从中悟出了"是山之特立，不与培塿为类"这一哲理。此句应是全文之文眼。西山地处偏远，却没有自惭形秽；自己贬谪远地，也不应该愁苦终日，更不应该偏离自己原先的立场与小人为伍。从某种意义上说，此时的西山就是作者自己。近人林纾在《古文辞类纂选本》中一语中的："'不与培塿为类'，是知'道'后远去群小也。"可见，西山的高峻就是对作者要坚持自己高洁品性的昭示。这么一触动，作者豁然开朗，神清气爽，胸中的郁结之气也随风消散，直至脱落形骸，神游天外。"悠悠乎与颢气俱，而莫得其涯；洋洋乎与造物者游，而不知其所穷"两句赋文的笔法，就再也没有了前文短句所呈现出的紧张与急迫，而是多了一种从容、淡定、洒脱与欣喜。

　　有意思的是，作者在游览西山的前后都喝醉了酒，但显然，这两次醉酒有着本质的不同。前之醉酒，乃是借酒浇胸中块垒；而登西山后的"颓然就醉"，则是从中感悟了人生真谛之后的愉悦了。

钴鉧潭^①记

　　钴鉧潭在西山西，其始盖冉水^②自南奔注，抵山石，屈折东流，其颠委势峻，荡击益暴，啮其涯，故旁广而中深，毕至石乃止^③，流沫成轮^④，然后徐行，其清而平者且十亩余，有树环焉，有泉悬焉。

　　其上有居者，以予之亟游也，一旦款门来告曰："不胜官租^⑤私券^⑥之委积，既芟山^⑦而更居，愿以潭上田贸财以缓祸。"予乐而如其言。则崇其台^⑧，延其槛，行^⑨其泉于高者而坠之潭，有声潀然^⑩。尤与中秋观月为宜，于以见天之高、气之迥。

　　孰使予乐居夷^⑪而忘故土者，非兹潭也欤？

【注释】

　　①钴鉧（gǔ mǔ）潭：潭名。钴鉧，熨斗，因此潭形似之，故名。

　　②冉水：即愚溪、染溪。详见《愚溪诗序》。

　　③毕至石乃止：意为因水流冲刷而不断扩大水面，

直至遇到石头才停止扩大。

　　④流沫成轮：水面浪花激起的白沫形成车轮似的漩涡。

　　⑤官租：官府的赋税。

　　⑥私券：私人之间的契约。这里指债务。

　　⑦芟（shān）山：除草开荒。芟，除草。

　　⑧台：指用以观览潭水的高台。

　　⑨行：这里指引导水流。

　　⑩潈（cóng）然：形容水声。

　　⑪夷：蛮夷之地。作者所在的永州，在当时是十分偏远落后之地，故称。

【赏读】

　　本文描写的是一个无人问津、袖珍精致的小景，语言简约精练、清丽自然，具有极高的艺术感染力。全文看似平淡质朴，无丝毫雕琢之感，然字字珠玑，很显一番功力。

　　寻获西山之后，作者与友人在西山的西边寻得钴鉧潭这番好去处。它是冉溪的一个深潭，形状酷似一个钴鉧（圆形的熨斗），故取名为"钴鉧潭"。

　　作者先从冉水落笔，其从南至北奔流如注，来势汹汹。"奔注"二字将冉水的迅猛强势刻画得淋漓尽致，然即便这样，碰到屹立不倒的山石阻隔，却也只能作罢，曲折向东流去。"其颠委势峻，荡击益暴，啮其涯"，由于水流上下游巨大的地势落差，使曲折奔腾、峻急汹涌的水流猛烈地冲击着岸边的岩石，一个"啮"字让人感觉像一条凶猛的恶犬在撕咬石涯，奔注之水全部冲荡到山石后，开拓出"旁广而中深"的水潭才肯罢休，足见水势之汹涌。作者的笔触极为细腻，"流沫成轮"，非常生动地刻画出水流形成漩涡的状态。至此，作者的笔势也由三四字的峻急描写，转而平缓起来，"其清而平者且十亩余"，用这样较长的散句进一步描画出潭四周清丽开阔的自然景致。仅是湖面宽广，恐还不合作者之意，四周还有青树翠蔓环绕，更妙的是，还有一股山泉自高处垂悬而下。作者虽未对此加以描述，但开阔的视野、清幽之境以及潺潺水声已是让人感受深刻——"天然幽旷"（储欣《唐宋八大家类选》）是也！

　　紧接着，作者笔锋一转，由写景过渡到叙事。此时柳宗元被贬到永州任司马，是"俟罪非真吏"（《韦使君黄溪祈雨见召从行至祠下口号》），也就是说，他是戴罪之身，与阶下囚没什么区别。名义上是一个司马，但他唯一能够自主的，便是寻山访水。所以，他的目的是想寄情于这与它遭遇相同的山水之间，让心灵得到放逐，去化解现实中的矛盾冲突，排解苦闷，寻找慰藉。然而，这尖锐的社会矛盾，一直扩展到山巅水涯，如何逃避？钴鉧潭边上居住的人家因受不了官租私债的沉重负担，要躲避到山里去开荒，情愿把潭上的田地卖给作者，以缓解当前的困境。作者短短数语，不免让人想起作者在《捕蛇者说》中比毒蛇还毒的赋税之毒。作者即便身在山水之间，也不能完全逃避现实的黑暗，更无法完全消解政治上的失意。

买完田地，作者还对之进行了一番精心的改造，使钴鉧潭焕然一新，更宜于"中秋观月"，更宜于站在潭上见"天之高、气之迥"了。"孰使予乐居夷而忘故土者，非兹潭也欤？"此句，作者将冷峭的情感和劲峭的文势都藏进了字里行间。作者说因此潭而忘故土，真的能忘却了吗？表面上说因此潭而忘故土，实则故土并不能忘。他在政治上所遭受的挫折是他久久不能释怀的。一个"乐"字，反将其哀怨凄楚的情绪形容尽致，他将一腔的幽愤都藏进这个"乐"字中，以乐写哀，更觉其哀，不觉让人潸然泪下。

钴鉧潭西小丘记

　　得西山后八日，寻山口西北道二百步，又得钴鉧潭。潭西二十五步，当湍而浚者为鱼梁①。梁之上有丘焉，生竹树。其石之突怒偃蹇②，负土而出③，争为奇状者，殆不可数。其嵚然④相累而下者，若牛马之饮于溪；其冲然角列而上者，若熊罴⑤之登于山。丘之小不能一亩，可以笼而有之。问其主，曰："唐氏之弃地，货而不售⑥。"问其价，曰："止四百。"余怜而售之。李深源、元克己⑦时同游，皆大喜，出自意外。即更取器用⑧，铲刈秽草，伐去恶木，烈火而焚之。嘉木立，美竹露，奇石显。由其中以望，则山之高，云之浮，溪之流，鸟兽之遨游，举熙熙然⑨回巧献技，以效兹丘之下。枕席而卧，则清泠之状与目谋⑩，瀯瀯⑪之声与耳谋，悠然而虚者与神谋，渊然而静者与心谋。不匝旬而得异地者二⑫，虽古好事之士，或未能至焉。

　　噫！以兹丘之胜，致之沣、镐、鄠、杜⑬，则贵游之士争买者，日增千金而愈不可得。今弃是州也，农夫渔父过而陋之，贾四百，连岁不能售。而我与深源、克己独喜得之，是其果有遭^⑭乎！书于石，所以贺兹丘之遭也。

【注释】

①鱼梁：一种捕鱼设施。以土石拦河筑堤，中间留一缺口，放置竹编器具以拦捕游鱼。

②偃蹇（yǎn jiǎn）：高耸的样子。

③负土而出：形容石头破土而出的样子。负，背，顶着。

④嵚（qīn）然：峻峭奇险的样子。

⑤罴（pí）：一种似熊而大的猛兽。

⑥货而不售：想卖而卖不出去。

⑦李深源、元克己：作者的两位朋友。

⑧器用：这里指锄、铲、刀、斧之类除草伐木的器具。

⑨熙熙然：和谐欢乐的样子。

⑩谋：会合，接触。这里比喻景物与人似乎心心相印，彼此交流。

⑪潆（yíng）潆：水流声。

⑫异地者二：两处异乎寻常之地。一处即此小丘和钴鉧潭，另一处即八天前发现的西山。

⑬沣（fēng）、镐（hào）、鄠（hù）、杜：都是地名，在当时都城长安近郊，为富豪居住游赏之地。沣在今陕西西安市鄠邑区东；镐在今陕西西安西南；鄠在今西安市鄠邑区北；杜，即杜陵，在今西安东南。

⑭遭：际遇。这里带有缘分之意。

【赏读】

本文乃《永州八记》第三篇，文中所说的"小丘"，即为作者在《愚溪诗序》中提及并命名的"愚丘"。

文章开篇交代了作者发现小丘的时间和地点："得西山后八日，寻山口西北道二百步。"结合题目，一个"得"字便将"八记"的前两篇自然相连。"潭西二十五步，当湍而浚者为鱼梁。梁之上有丘焉，生竹树。"这23字，均为短句，且"为鱼梁""生竹树"结构相同，十分紧凑。当然，这些竹树并非重点，作者把重点放在了鱼梁的"石头"上。这些极富情趣、状态万千的石头才是真正吸引作者的地方。

"突怒偃蹇"先对石头形态做了全景扫描，"负"字、"争"字将众石拟人化，把它们竞相表现自己的姿态刻画得淋漓尽致。"争"仿佛是在说众石并不甘心被掩埋地下，极力张扬个性，顽强抗争，破土而出。而一个简单的"出"字，看似平常字眼，可是在这个语境中，将之用在石头身上，便非同寻常了。石头并不是植物，不能从地里生长出来，而柳宗元却说它是从地里冒出来的，字里行间增添了一丝灵动生气。其实，柳宗元不就像极了这顽强抗争的石头吗？从作家个性对创作风格的影响来说，柳宗元的山水游记具有与其人格相得益彰的"文格"，柳宗元以思想和文章闻名于世，他的个性特征都融进他的创作中。他具有毫不妥协的个性特征和执着追求的斗争精神，始终以叛逆者的形象出现，这些石头或是他自身人格的写照。"其嵚然相累而下者，若牛马之饮于溪；其冲然角列而上者，若熊罴之登于山。"这两句对偶比拟句使文章显得十分工整。那些倾斜向下的石头像牛马在河边饮水，那些气势汹汹如兽角一般挺拔排列着的石头，恰似熊罴在登山一样。原本一堆死气沉沉的乱石，在柳宗元的生花妙笔下，化静为动，被赋予了灵性，可谓妙矣。

　　柳宗元擅刻画"奥境"，即清幽深邃之小景。那么，这小丘究竟又有多小呢？小丘不到一亩，小到甚至可以把它装到袖子里带走占有。然而，这么袖珍可爱的小丘遭遇如何呢？作者眼中充满了生机与灵性的小丘，在别人眼里只是一块毫不起眼、不值得珍惜的"弃地"，价格仅有区区"四百"，足见其低贱。如此美好奇特的小丘，竟然如此荒凉冷落，无人问津。从同行者"皆大喜"可以看出此地本不低贱，此价格才令人"出自意外"。从《愚溪诗序》可知子厚将自己与周遭的山水融为了一体，用山水来写文章，用山水来写人生，用山水来表达心灵深处的思想，山水成了他灵魂的一种寄托或是象征。因此，他并不是为了写景而写景，他把山水当作自己的知己，一个可以倾诉的对象，与山水进行对话，以他特有的感受融入山水之间，表达着自己的失意感伤。这小丘仿佛是他的影子一般，遭遇相似，处境相同。在作者看来，这么美丽的景致无人问津就好比他怀才无处施展，不为所用。他既是为小丘的悲惨境遇而感到不平，或也是为自己的怀才不遇而感到悲哀吧。

得到小丘后，即"铲刈秽草，伐去恶木，烈火而焚之"。此处的"秽草"和"恶木"值得咀嚼。为什么不是"杂草"和"灌木"呢？"秽""恶"二字明显寄托了作者的好恶，此即一语双关。此番清理整顿明面上是对自然界秽草、恶木的憎恶，实际上也是作者对社会、对官场上的"秽草""恶木"的厌弃。柳宗元贬谪于远离权力中心的蛮荒之地，可以更好地冷眼看清身边的这个世界，他通过写山水来写自己的遭遇，抒发自己对被贬的不满，痛斥这个颠倒黑白的社会，"烈火而焚之"，是否有些发泄内心愤懑的味道呢？

"铲刈秽草，伐去恶木"后，"嘉木""美竹""奇石"便显露了出来。嘉木卓然挺立，美竹亭亭净植，奇石千姿百态，小丘焕然一新，令人赏心悦目，心旷神怡。作者有意将美丑二者前后呈现表述，两相对照，加之排比的短句，内心的痛快之情显露无遗。由竹木山石间望出去，只见远山高峙，云气飘浮，溪水流淙，鸟兽在自由自在地游玩，万物都和乐怡畅地运技献能，重获新生的小丘呈现出一派欣欣向荣之态。柳宗元在这温馨和谐的动态画卷之间，找到了世外桃源。他不禁铺席展枕躺在丘上，清凉明丽的山水与双目相亲近，潺潺的流水之声传入耳际，悠远空阔的天空与精神相通，深沉至静的大道与心灵相合。四个排比句式的"谋"，把景物人格化了，显得活泼轻巧，极其传神。前两句写目之所见、耳之所闻；后两句写神之所游、心之所感，彻底地展示了作者在辛劳之后一种久违了的全身心的放松。小丘的美让作者达到了一种"心凝形释""与万物冥合"的境界，在与自然的融合中获得了精神上的享受和寄托。

诸般美景确实让柳宗元饱受创伤的心灵获得了片刻的宁静与慰藉，沉浸在佳山秀水的美梦当中。但既然是梦，总有梦醒之时。作者感叹同样一个小丘，在繁华之地被争相购买，在穷乡僻壤却遭人鄙视。被弃置的小丘"农夫渔夫过而陋之"，却被作者和他的朋友赏识，从而彻底地改变了命运。所以"贺兹丘之遭也"。这里的

"遭"和"贺"实有深意。"遭"突出小丘命运的变化，既有"同是天涯沦落人"的共同命运，也有"人生所贵在知己"的不同命运。"贺"突出情感的变化，小丘遭弃荒芜，直至缘遇作者重现胜景，这是值得庆贺的命运之喜。而自己同样被弃，才华埋没，何时才能像小丘一样遇到明君，重见天日呢？一如宋人洪迈所言："士之处世，遇与不遇，其亦如是哉！"（洪迈《容斋随笔》）文末的这段文字，以物喻人，含蓄隽永。可惜的是，柳宗元这个美好的愿望，最终也没有能够实现。

至小丘西小石潭记

　　从小丘西行百二十步，隔篁竹，闻水声，如鸣珮环，心乐之。伐竹取道，下见小潭，水尤清冽。全石以为底①，近岸卷石底以出②，为坻③为屿④，为嵁⑤为岩。青树翠蔓，蒙络摇缀⑥，参差披拂⑦。潭中鱼可百许头，皆若空游无所依。日光下澈，影布石上，怡然⑧不动；俶尔⑨远逝，往来翕忽⑩，似与游者相乐。

　　潭西南而望，斗折⑪蛇行⑫，明灭⑬可见。其岸势犬牙差互，不可知其源。坐潭上，四面竹树环合，寂寥无人，凄神寒骨，悄怆幽邃⑭。以其境过清，不可久居，乃记之而去。

　　同游者吴武陵、龚古，余弟宗玄；隶而从者，崔氏二小生，曰恕己，曰奉壹。

【注释】

　　①全石以为底：潭底是一整块石头。

　　②卷石底以出：潭底石头上翘卷起而露出水面。

③坻（chí）：水中的高地。

④屿：小岛。

⑤嵁（kān）：高低不平的山岩。

⑥蒙络摇缀：覆盖缠绕摇曳连缀。

⑦披拂：随风飘荡。

⑧怡然：安适自在的样子。

⑨俶（chù）尔：忽然。

⑩翕（xī）忽：轻快疾速的样子。

⑪斗（dǒu）折：像北斗七星般曲折。

⑫蛇行：像蛇爬行般蜿蜒。

⑬明灭：或显或隐。

⑭悄怆幽邃：令人感到深深的忧伤。

【赏读】

　　虽说柳宗元被贬永州时期"恒惴栗"，但经过了西山的彻悟，忧愤苦闷之情消解了不少。本文不过二百余字，但作者以虚静之心"漱涤万物，牢笼百态"，突破了六朝以来对自然景物作客观摹写的旧习，融情于景，实现了"自然的人化"。读之令人爱不释手，百读不厌，回味无穷。

　　或是心情的改变，抑或是出于对自然的喜爱，柳宗元"从小丘西行百二十步"，便听到了潺潺流水声，犹如玉环碰击时发出的声响，清脆悦耳。环珮之声在古典诗歌和散文中多与美好的品格联系在一起，不仅传递声音之美，而且有品格之美的联想。并且，这水声，是隔着密密的竹林才听到的，这篁竹宛如一道屏障将外界隔开，颇似古典园林造景艺术的障景，使人不能一览无余，有着层次感和纵深感。作者深受感染，"心乐之"，于是"伐竹取道"，发掘潭水之美。潭水的特质在于"清冽"，但文章题为《小石潭记》，潭中之水本该是主角，但是除了"水尤清冽"这一句外，就未有正面提及潭水了，而只写潭中之鱼，这是全篇极为精彩的关键，历来为人称道。

"皆若空游无所依"的"空"字，表面看是什么也没有，却恰恰写出了水之美：水透明到好像鱼都浮在了空中一般。其实，用鱼看似翱翔空中来突出水的明净如镜，这并非柳宗元首创。北魏郦道元在《水经注·洧水》中已有了相关的描写："绿水平潭，清洁澄深，俯视游鱼，类若乘空矣。"尔后，"游鱼乘空"句常为后世文人乐道。唐人王维《纳凉》中有"涟漪涵白沙，素鲔如游空"句，吴均的《与朱元思书》中亦有"水皆缥碧，千丈见底，游鱼细石，直视无碍"句，亦直状水清鱼现之景。

可见，柳宗元写作本文是有所师承的。但不同的是，郦道元是在正面描述水的基础上，通过鱼的可视效果来强调水的清澈，而柳宗元则对水只字不提便直接写鱼"空游无所依"。更巧妙的是，柳宗元从鱼儿的游动、潭底的鱼影，将侧面描写的好处提升到了空间变化的层面。写鱼而兼及鱼之影，写鱼影则是为了写水之清，将景物从平面变为立体，潭上之日光、水中之游鱼、石上之鱼影，看似有别而实则统一，它们从不同角度印证了开篇的"水尤清冽"。日光照到水里，光线不仅没有变暗，石头上反而显现鱼的影子，可见水之清澈。这可说是柳宗元的一大创新。

鱼儿"怡然不动"，动静相衬，"俶尔远逝""往来翕忽"，自由自在，"似与游者相乐"。柳宗元化入了庄子和惠子在壕梁观鱼的典故，为我们勾画了一幅人鱼和谐的画面。表面看是鱼与人乐，实际是人因鱼乐。这时，自然万物已不再是简单的客观之物，而是寄托了人的喜怒哀乐。柳宗元用"心"融入"空游"之鱼的自在快乐中，从而得到了大自然的反馈与相知。"情往似赠，兴来如答"（刘勰《文心雕龙》），指的就是这种微妙的审美关系。小石潭与柳宗元在游鱼这个象征背景下获得了一种自然的交流，游鱼也似乎懂得了他的情思，被贬谪的柳宗元于寂寥中也寻求到一丝安慰。

只是，这样的安慰也只是聊胜于无罢了。当目光重回到四周,"寂寥无人,凄神寒骨,悄怆幽邃",多少又让作者的心底萌生出悲戚之意。当一个人脱离了苦痛之后,他是不愿意再次进入苦痛的回忆中的。当柳宗元刚刚从西山获得了启示、从愚溪获得了些许的欣悦之后,他当然不愿再回到寂清哀伤的过去,如此,"不可久居"就成了必然且唯一的选择了。

袁家渴①记

　　由冉溪西南水行十里，山水之可取者五，莫若钴鉧潭。由溪口而西，陆行，可取者八九，莫若西山。由朝阳岩东南水行，至芜江，可取者三，莫若袁家渴。皆永②中幽丽奇处也。

　　楚、越之间方言，谓水之反流者为"渴"。音若"衣褐"之"褐"。渴上与南馆高嶂合。下与百家濑③合。其中重洲小溪，澄潭浅渚，间厕④曲折，平者深墨，峻者沸白⑤。舟行若穷，忽又无际。有小山出水中，皆美石，上生青丛，冬夏常蔚然。其旁多岩洞，其下多白砾，其树多枫、楠、石楠，梗、槠、樟、柚，草则兰、芷。又有异卉，类合欢⑥而蔓生，轇轕⑦水石。每风自四山而下，振动大木，掩苒⑧众草，纷红骇绿⑨，蓊葧香气⑩；冲涛旋濑⑪，退贮溪谷，摇飐葳蕤⑫，与时推移⑬。其大都如此，余无以穷其状。

　　永之人未尝游焉，余得之不敢专也，出而传于世。其地主袁氏，故以名焉。

【注释】

①袁家渴（hé）：水名。渴，作者文中解释："谓水之反流者。"

②永：永州，今湖南零陵。

③百家濑（lài）：水名。濑，浅水沙石滩。

④间（jiàn）厕：夹杂。

⑤沸白：像沸腾似的激起白色浪花。

⑥合欢：木名，又名马缨花，羽状小叶，夜间成对相合，故称。

⑦蓼辖（jiāo gé）：交错纠葛。

⑧掩苒：草被风吹而倒伏或摇曳的样子。

⑨纷红骇绿：形容红花绿草随风纷乱摇动。

⑩蓊葧（wěng bó）香气：花香浓郁的样子。

⑪冲涛旋濑：指山风冲激波涛回旋急流。濑，这里指急流。

⑫葳蕤（wēi ruí）：草木茂盛枝叶下垂的样子。

⑬与时推移：意为以上景观随着时节不同而有所变化。

【赏读】

《袁家渴记》作于唐宪宗元和七年（812），是"永州八记"中"后四记"的首篇,在写景方面别具特色。与前四记多是入笔擒题、直奔对象不同,本文劈头连用三个排比句,简述自冉溪和朝阳岩,从不同方向出发,水陆两面可供游览的赏心悦目、清幽奇丽的最佳风景点,看似繁笔,实则是使人在周览全局,感叹永州山水之胜的同时,又能优中选优,得其关键,颇具画龙点睛之妙。再者,西山和钴鉧潭皆已在作者之前的笔下呈现其绝美的一面,今又将袁家渴与前二者并列,不禁令人对其之幽丽奇异有所期待。此众宾拱主之法与太史公书写人物颇有异曲同工之妙。不过,柳宗元自出机杼,用三个"可取"和"莫若"更细致地将钴鉧潭、西山和袁家渴从众多景点中拈举出来、使作陪衬,文题集中,方向清晰。

作者对袁家渴的轮廓进行粗线条的勾勒之后,便把镜头拉近,定格在"水中"的一座"小山"上,形成特写,浓缩笔墨突出其斑驳的色彩。山脚下,沿溪一带"白砾",犹如整个画幅底色浅露。山腰间,岩洞毗连,隔断上下,使整个画面又显得格外空灵。满山的"美石",本已光怪陆离,加之枫叶流丹,楠柚凝翠,梗楮呈黄,"青丛"掩映,便使作者笔下的一山一水、一草一木,无不绚丽多姿,同时具有清晰的层次感。

值得注意的是,柳宗元不仅掌握了经营位置、点染色彩的画匠技巧,而且深谙艺术的辩证法。他在对袁家渴进行静态描写之后，突然笔调一转，腕底生风，化静为动，虚实并举。他将镜头急速摇开，让刚才几乎被遗忘的整个沟壑卷来猛烈的大风，"妙在拈出一个'风'字，将木收缩入'风'字"（林纾《韩柳文研究法》），而一个"下"字，把风沿山席卷而来、不可阻遏的气势刻画得生动可感。

柳宗元善于描摹风中之景，他用了八组的四字词语将风中袁家渴的草木、溪水的独特景象罗列了出来，景象森然、目不暇接。虽说是罗列，但其意蕴也不仅限于此。四字短语的节奏明快，造语入妙，奇警异常，"一风统众景"的艺术构思可谓独具匠心，让人不禁有身临其境之感。再仔细推敲，言约义丰。"掩苒"形容轻柔的众草倒向一边；一个"骇"字，红花绿叶则像一群骤然受惊的童稚，茫然不知所措；至于那静谧的溪水，像被唤醒的蛰龙，咆哮翻滚，等到风声渐小，才喘息着躲进幽深的洞穴。狂飙席卷之后，再回视溪谷上下，只见余风拂拂，花香弥漫，树木草丛战栗未已，"摇飏葳蕤，与时推移"。寥寥数语便用无形的大风把小山与袁家渴融为一体，"均把水声、花气、树响作一总束，又从其中渲染出奇光异采，尤觉动目"（林纾《韩柳文研究法》）。镜头随着拉远："其大都如此，余无以穷其状"两句，仿佛是作者的画外之音，画面由此逐渐消逝。文中最后"其地主袁氏，故以名焉”点明之所以取名袁家渴的原因，行笔又归至袁家渴。

林纾由衷地赞道："须含一股静气，又须十分画理，再著以一段诗情，方能成此杰构。"（林纾《韩柳文研究法》）沈德潜亦谓"舟行"二句较王摩诘"安知清流转，偶与前山通"的"神来之句"还要胜出一筹（沈德潜《唐宋八家文读本》）。

柳宗元实乃模山范水的能手，"非身历其境，不能见其工"！

石渠记

自渴西南行，不能百步，得石渠，民桥其上。有泉幽幽然，其鸣乍大乍细。渠之广，或咫尺，或倍尺，其长可十许步。其流抵大石，伏出其下①。逾石而往，有石泓②，昌蒲被之，青鲜环周。又折西行，旁陷岩石下，北堕小潭。潭幅员③减百尺，清深多鲦④鱼。又北曲行纤余，睨⑤若无穷，然卒入于渴。其侧皆诡石怪木，奇卉美箭⑥，可列坐而庥⑦焉。风摇其巅，韵动崖谷。视之既静，其听始远。

予从州牧⑧得之，揽去翳朽，决疏土石，既崇而焚，既酾而盈。⑨惜其未始有传焉者，故累记其所属⑩，遗之其人，书之其阳⑪，俾后好事者求之得以易。元和七年正月八日，蠲⑫渠至大石。十月十九日，逾石得石泓小潭。渠之美于是始穷也。

【注释】

①伏出其下：意为水流从大石底下穿过再冒出来。

②石泓：凹石积水而成的小潭。

③幅员：大小范围。

④鲦（tiáo）：一种生于淡水的小白鱼。

⑤睨（nì）：视。

⑥美箭：美竹。

⑦庥（xiū）：同"休"，休息。

⑧州牧：一州的行政长官。

⑨"揽去"四句：意为把那些枯草朽木聚积后放火烧毁，把那些土石掘开疏通后使渠水畅流而充盈。崇，聚积。釃（shī），疏导，流注。

⑩其所属：指石渠和小潭的归属者。

⑪其阳：指石渠和小潭的北面。

⑫蠲（juān）：疏通。

【赏读】

除雄阔高峻、让作者彻悟到"不与培塿为类"的西山外，《永州八记》中其他的几"记"，所述对象皆为山间之小景。相较于钴鉧潭颇有特色的激流飞瀑、愚丘很是奇异的争为奇状的山石、小石潭令人释然的鱼人之乐，石渠的水流和树石本不会引起作者的兴致，似无可记之必要。然作者到处不肯放过，心思细密，探幽访胜，用心于此，情至其间，即便是小处，亦可见奇景，在作者的笔下别是一番风味，确如林纾所言："子厚才美，虽纪小景，亦有精神。"无怪乎苏轼曾言："凡物皆有可观，苟有可观，皆有可乐，非必怪奇伟丽者也。"

　　如果要说石渠有什么特点，那就是静——水静、人静，而且作者还从中获得了哲理上的些许体悟。

　　既是渠，自然离不开水。但此处的水与钴鉧潭的水流迥乎不同，钴鉧潭的水始自冉水，"自南奔注""荡击益暴"，遇到溪岸，甚至是"啮其涯"，展现出溪水极富生命力、非常强悍和狂暴的一面。即便是临近潭水中央，潭深而水阔，仍能"流沫成轮"；小石潭的水，水质尤为清冽，游鱼乘空，人鱼共乐。而石渠的水则是"幽幽然"，幽幽然，即流水幽静、轻缓流动的样子，加之水声或大或小，亦可见泉水流量不大。石渠也不大，最宽处，不过也才两尺，长度只有十步左右，这样的景简直是精致，而且精致得可爱、有情趣。细微之景表现的不仅是作家的笔力，更是作家心态的体现。作者用贬谪永州以来难得的最为平静的心态，对之进行了非常细腻的体察和描绘。水流遇大石，则"伏出其下"，一个"伏"字，不仅进一步写出了溪水"幽幽然"的特点，也生动写出了溪水的灵活、灵巧与灵动。

　　再往前是一个石泓（深潭），菖蒲的覆盖、青苔的环绕，用四字对偶，暗示此地是人迹不至之处，显得清幽异常。也正是因为"非繁伙之区""故有奇卉美箭，无人采取也"。作者用笔轻巧，用移步换景的方式，寥寥几笔，非常写意地对石渠周围之静美环境进行了点染。溪水的"纡余"，石木的诡怪，花竹的奇美，物虽不多，然皆情态各具，真乃"化工肖物之笔"。对风的描写，也很精彩，此地与袁家渴相距不远，但此处的风显然和袁家渴中"四山而下，振动大木"肆虐草木的狂风不同，"风摇其巅，韵动崖谷"，轻微的风从树梢上掠过，耳边传来的是动听的声音和旋律。这些声音又进一步衬托出了环境的清幽、空间的邈远，"视之既静，其听始远"，富有哲理，不仅辩证地呈现出声音和宁静的互动关系，更重要的，或也是对自己心志的一种表达吧：自己保持这样平静的状态，又有谁会认为我不能将美好的东西传播出去呢？

　　至于最后一段，作者不惜笔墨叙述自己不辞辛劳地清理石渠的过程，也很好地表现了作者对石渠由衷的喜爱。至于有人认为文中的"惜"一语双关，既是"惜"石渠之未始传，也是惜自己的怀才不遇，这也是一说吧。

石涧记

　　石渠之事既穷，上由桥西北，下土山之阴①，民又桥焉。其水之大，倍石渠三之一②。亘石③为底，达于两涯。若床若堂，若陈筵席，若限阃奥④。水平布其上，流若织文，响若操琴。揭跣⑤而往，折竹箭，扫陈叶，排腐木，可罗胡床⑥十八九居之。交络之流，触激之音，皆在床下；翠羽之木，龙鳞之石，均荫其上。古之人其有乐乎此耶？后之来者，有能追予之践履耶？得意之日，与石渠同。

　　由渴而来者，先石渠，后石涧；由百家濑上而来者，先石涧，后石渠。涧之可穷者，皆出石城村东南，其间可乐者数焉。其上深山幽林，逾峭险，道狭不可穷也。

【注释】

　　①阴：山的北面。

　　②倍石渠三之一：意为石渠水量的三倍合一。之，而。

③亘（gèn）石：横贯两岸的整块石头。

④阃（kǔn）奥：深邃的内室。

⑤揭跣（xiǎn）：撩起长衫赤着脚。

⑥胡床：一种可以折叠的轻便坐具。

【赏读】

　　作者从石渠往西北方向一路走来，石渠与石涧之间相距应是不远。作者注以细腻情感从小景入手，于平凡处见新奇，如此说来，与《石渠记》似也无很大的区别。但在石渠，作者的观察点甚多，繁复的景象让人应接不暇，涉及幽泉、石泓、深潭、山风，乃至诡石怪木、奇卉美箭亦有触及。对于石涧，作者的目光则相当集中，笔墨更多地倾注于涧底之石，将石之情状，惟妙惟肖地呈现在读者面前。

　　作者是怎么写涧底之石呢？

　　首先映入眼帘的是"达于两涯"的"亘石"，完整的一块石头铺在水底，这足以让人惊叹。其实，这样的石头，作者并非首次见识到。他在《小石潭记》中就曾描述小石潭下是"全石以为底"，看似与此相同。而且隆出水面的石头"为坻为屿，为嵁为岩"，一石一世界，情势万状，各有不同，甚至连岸边都是"犬牙差互"，这已经写得很精彩了。但比较之下可以发现，石涧的石头，在作者的眼里似乎更为生活化些，"若床若堂，若陈筵席，若限闑奥"。文章连用了四个比喻，像床、像门堂、像摆满酒菜的宴席、像屋子里深邃的内室。虽是比喻连用，但各有特点，呈现出了眼前所见的岩石总体上的平坦方正、表层略微的凹凸不平以及石头空隙里的幽深难测。这样细微的变化，若没有极为平静之心态、细腻之观察，是根本无法刻画出的，近代王文濡赞其"尺幅中有千里之观"。至于清人孙琮的赞叹，认为"从古游地，未有如石涧之奇者；从古善游人，亦未有如子厚之好奇者"。后一句是说对了，前一句恐怕就未必如此了，奇者非石涧本身，更多的或是柳宗元独具的慧眼所致吧。

目光离开了水底的石头，作者再写石上的水流。与流向钴𬭊潭"奔注""荡击益暴""啮其涯"的湍急河水不同，此处的水流完全是另外一种样子，清浅、平稳，"平布其上，流若织文，响若操琴"，水流均匀地流过平整的水底石头，显出了美丽的纹理。此处的水纹与美妙的流水声，再加上水底奇妙的石头，整个一立体的美之景象便呈现于眼前，真是令人惊叹。但作者并没有就此打住，或是为了不致浪费这样的美景，决定亲自拓展它更为美丽的空间，于是"折竹箭，扫陈叶，排腐木"，动作干脆、叙述简洁，急切之情跃然纸上。果不其然，空间拓展了，想象力就越发丰富起来：罗胡床其上，"触激之音，皆在床下"，木石"均荫其上"，这是一个多么让人向往的休憩之地啊！作者完全乐在其中，内心的自得与满足溢于言表。

游记的结尾说"道狭不可穷也"，很是隽妙，意犹未尽却又意蕴悠长，隐藏着很多潜台词。清人储欣在《河东先生全集录》中就打趣说："道狭不可穷，吾疑造物者亦借此作当关之守。"显然，这给读者留下了更多的想象空间。

小石城山记

　　自西山道口径①北，逾黄茅岭而下，有二道：其一西出，寻之无所得；其一少北而东，不过四十丈，土断而川分，有积石横当其垠②。其上为睥睨③梁欐④之形，其旁出堡坞，有若门焉。窥之正黑，投以小石，洞然有水声，其响之激越，良久乃已。环之可上，望甚远，无土壤而生嘉树美箭，益奇而坚，其疏数偃仰⑤，类智者所施设也。

　　噫！吾疑造物者之有无久矣。及是，愈以为诚有。又怪其不为之于中州⑥，而列是夷狄⑦，更⑧千百年不得一售其伎⑨，是固劳而无用⑩，神者倘不宜如是，则其果无乎⑪？或曰："以慰夫贤而辱于此者。"或曰："其气之灵不为伟人，而独为是物，故楚之南少人而多石。⑫"是二者，余未信之。

【注释】

　　①径：一直。

②垠：边界，尽头。

③睥（pì）睨：城墙上齿状的矮墙。

④梁欐（lì）：房梁。

⑤疏数（cù）偃仰：或疏朗或细密，或伏下或仰起。

⑥中州：指华夏中原地区。

⑦夷狄：指中原之外的偏远外族地区。

⑧更（gēng）：经历。

⑨一售其伎：意为一展其风采。售，施展。伎，技艺，才华。

⑩是固劳而无用：结合上文，意为造物主既然精心创设了这些美景，却又把它安排在偏远地区，使其千百年来无人欣赏，因此这是徒劳而无功用。

⑪则其果无乎：那么造物主果真不存在吗？

⑫"其气"三句：意为这里的山川灵气不在于成就伟人，而只会造就这些景物，因此湘南一带人才少而美石多。

【赏读】

此文是"永州八记"中的最后一篇。与其他七篇不同之处是，此篇游记的议论占到了一半的篇幅。可见，柳宗元是把小石城山作为一个切入口，情感渐次推进，由小见大，并引发对宇宙人生的思考。《古文观止》就认为本文乃"借石之瑰玮，以吐胸中之气。柳州诸记，奇趣逸情，引人以深，而此篇议论，尤为崛出"。

首段写景似也一仍其旧，"笔笔眼前小景"，但亦有不同。前七篇之景，始见即有亮点。西山自不必说，未见则已"始指异之"，迫切之情溢于言表。即便是石渠、石涧，也是声形兼备、精致有加，作者亦兴趣盎然。此篇开端，并无所得，颇为扫兴，不得已"少北而东"，又"土断而川分"。至此，石城山之貌始现——"睥睨梁㯭之形"，石山顶部天然生成矮墙和栋梁的形状，这就是"石城山"之名的由来了。石城山有什么特点呢？文章涉及的并不多。除却石城山得名的房梁，还有就是一个像门的洞，洞内空间不小，但一片漆黑，只能靠小石投入发出的声音"响之激越，良久乃已"来判定。这些较之先前，已有了不少情趣。正是因为如此，激发作者一探究竟。"环之可上"，未说多高，但"望甚远"，似也反衬出石城山的高旷。此句关键，大凡古人登高，无论是满怀豪情还是忧伤抑郁，皆多有所感，此为下文的议论留下了伏笔。石上没有土壤，却疏密相间、高昂低伏地生长着秀美的树木竹子，又显其奇丽，作者自然地发出"类智者所施设也"的慨叹，并引发了思考和议论。

"类智者"是谁呢？自然是"造物者"。可自己对造物主是否存在一直存疑，这里的奇峰怪石使他相信造物主的存在，反衬出此处景象之美。但柳宗元并没有按照这样的思路写下去，而是话锋一转，提出了质疑：这么美好之地，造物主为什么"不为之于中州，而列是夷狄"？把小石城山放在如此偏远荒凉的蛮夷之地，以至于世人无法了解小石城山的奇异美景，即使造出如此美丽的景色，却不为世人所见，这不是徒劳吗？所以柳宗元对造物主的存在再次表示怀疑。对于造物主为什么把小石城山安排在偏远地方，柳宗元又给出了两种说法：一是用美景来安慰被贬于此的圣人；二是此地灵气不孕育圣人，却能凝聚成奇峰怪石。按理说这两种说法在某种程度上可以解释前面所提出的质疑，但柳宗元却两种说法都不相信，最终否定了造物主的存在。其实小石城山就是柳宗元的自喻。山上的树木"益奇而坚"代表了柳宗元坚定的品格。小石城山美丽却被遗忘，象征着自己即使有雄才大略也不被统治者所赏识的遭遇，而"是固劳而无用"，也暗示了柳宗元对统治者不善用人的抱怨。

柳宗元用设疑的曲笔写出了对宇宙人生的思考，否定了"天命说"，表达了自己不肯听天命的抗争精神。清人林云铭在《古文析义》中说道："此篇正略叙数语，便把智者设施一句，生出造物有无两意疑案。盖子厚迁谪之后，而楚之南实无一人可语者，故借题发挥，用寄托其以贤而辱于此之慨，不可一例论也。"可以说，《小石城山记》作为"永州八记"的最后一篇，奠定了系列作品的基本基调，是对"永州八记"的宗旨、格调和情趣的概括总结。

游黄溪^①记

　　北之^②晋^③，西适豳^④，东极吴^⑤，南至楚、越之交^⑥，其间名山水而州者^⑦以百数，永最善。环永之治^⑧百里，北至于浯溪^⑨，西至于湘之源，南至于泷泉^⑩，东至于黄溪东屯，其间名山水而村者以百数，黄溪最善。

　　黄溪距州治七十里，由东屯南行六百步，至黄神祠^⑪。祠之上两山墙立，如丹碧之华叶骈植，与山升降。其缺者^⑫为崖峭岩窟。水之中，皆小石平布。黄神之上，揭水^⑬八十步，至初潭，最奇丽，殆不可状。其略若剖大瓮，侧立千尺，溪水积焉。黛蓄膏渟^⑭，采若白虹^⑮，沉沉无声。有鱼数百尾，方来会石下。南去又行百步，至第二潭。石皆巍然，临峻流，若颏颔龂腭^⑯。其下大石杂列，可坐饮食。有鸟赤首乌翼，大如鹄，方东向立。自是又南数里，地皆一状，树益壮，石益瘦，水鸣皆锵然。又南一里，至大冥之川，山舒水缓，有土田。始黄神为人时，居其地。

　　传者曰："黄神王姓，莽^⑰之世^⑱也。莽既死，神更号[19]黄氏，逃来，择其深峭者潜焉。"始莽尝曰："余黄虞[20]之后也。"故号其女[21]曰"黄皇室主"。"黄"与"王"声相迻，而又有本[22]，其所以传言者益验。神既居是，民咸安焉。以为有道，死乃俎豆[23]之，为立祠。后稍徙近乎民[24]，今祠在山阴[25]溪水上。元和八年[26]五月十六日，既归为记，以启[27]后之好游者。

【注释】

①黄溪：溪流名。

②之：到。后三句中的"适""极""至"，意均同。

③晋：古代晋国，今山西一带。

④豳（bīn）：古地名，在今陕西。

⑤吴：古代国名，今江苏一带。

⑥楚、越之交：今湖南与广东、广西交界地区。楚，古国名，今湖北、湖南一带。越，这里指古代南越，今广东、广西一带。

⑦而州者：意为若以州而论。下文"而村者"类此。

⑧治：治所。永州的治所在零陵，今湖南永州零陵区。

⑨浯（wú）溪：在今湖南祁阳县西南。

⑩泷（shuāng）泉：水名，在今湖南双牌县一带。

⑪黄神祠：祠庙名。详见下文。

⑫缺者：这里指两面山壁之间的断缺部位。

⑬揭（qì）水：提衣涉水。揭，提起衣服。

⑭黛蓄膏渟（tíng）：意为青绿色的潭水积蓄其中，像油膏一样静止不动。渟，水聚积不流。

⑮采若白虹：意为水面上映射的光彩，如同白虹。

⑯龂腭（yín è）：口中的牙龈和上颚。

⑰莽：王莽，西汉末权臣，杀帝夺位，建立新朝，在位十五年，因政变终遭反对而失败被杀。

⑱世：族，同族人。

⑲更号：改姓。

⑳黄虞：黄帝与虞舜，都是传说中的上古帝王。

㉑其女：王莽之女王嬿，汉平帝的皇后。

㉒有本：有史书依据。即关于王姓是"黄虞之后"的记载。

㉓俎（zǔ）豆：古代祭祀时常用的两种器具，故引申为祭祀、尊奉。

㉔后稍徙近乎民：意为原来的黄神祠庙建在他原先居住的高山深处，后来逐渐迁移到村民聚居的地方。

㉕山阴：山的北面。

㉖元和八年：公元813年。

㉗启：禀告。

【赏读】

该篇游记作于元和八年（813），作者随其上司赴黄溪祈雨。作者写本篇游记时，同时也写下《韦使君黄溪祈雨见召从行至祠下口号》一诗，谨将该诗抄录如下：

> 骄阳愆岁事，良牧念蓄畜。
>
> 列骑低残月，鸣笳度碧虚。
>
> 稍穷樵客路，遥驻野人居。
>
> 谷口寒流净，丛祠古木疏。
>
> 焚香秋雾湿，奠玉晓光初。
>
> 胖蹻巫言报，精诚礼物余。
>
> 惠风仍偃草，灵雨会随车。
>
> 俟罪非真吏，翻惭奉简书。

这首五言古诗，非常生动地描述了刺史韦彪兴师动众，祈神求雨的过程。诗题中的"口号"，指随口吟成，这便给此诗增添了几分打油诗的味道。诗人写这场荒诞、装神弄鬼的活动时，充满了辛辣的讽刺。从诗的最后两句"俟罪非真吏，翻惭奉简书"可以看出，柳公虽跟随上级官员韦使君前往求雨，可内心是十分排斥这种劳民伤财的迷信仪式的。当所有的人都将精力放在祈神求雨这样一件愚昧且毫无意义的事情上时，作者却独独发现了真正令他感兴趣的事物，即被忽视了的黄溪美景。原本被迫前往黄神祠的无奈情绪被一扫而光，柳公通过他极具特色的笔触，成就了又一篇力作。

清人储欣在《唐宋文醇》中评价道："所志不过数

里，幽丽奇绝，政如万壑千岩，应接不暇。"其中，"幽""丽""奇""绝"四字，可谓妙极。清代浦起龙《古文眉诠》中提到："《游黄溪记》与柳宗元其他游记有别，其他游记皆去州近，多搜剔出之，时时憩息者，此去州远，特记一时之游耳。"着一"特"字，可窥黄溪之景非同一般。如此盛景，若非祈雨至祠，难以遇之。黄溪美景，对柳公而言便如天降至宝。

文章一开始并未直接切入黄溪美景，而是选择从更为广阔的视野层层进逼，以烘云托月式的手法将"黄溪最善"于最末点明。晋吴楚越最美在永州，永州最美在黄溪，由外而内，由大至小，目标逐步收拢，最终凸显本文之核心。清人孙琮于《山晓阁选唐大家柳柳州全集》卷三中评道："一起先从齐、晋、吴、楚四面写来，抬出永州。次从永州名胜四面写来，抬出黄溪，便见得黄溪不独甲出一个永州，早已甲出于天下，地位最占得高。"此番评点，颇为中肯。可见作者此番笔墨用心至极，吊足了读者的胃口，形成了很强的阅读期待。

作者着力于刻画黄溪之美。黄溪之美也是逐步推进，逐层揭示。黄祠无甚可写，然其周边之山、花各有特色。山为墙立之山，陡峭险峻，红花绿草，蜿蜒起伏，此皆若丹青之景，他处难寻，已是奇美，但还不是最佳。初潭才"最奇丽，殆不可状"，形若瓮，水若膏，色泽若白虹，一片秀美恬静、安然闲适之貌。然至第二潭，周遭景观大变，由秀而险。石皆"巍然"，水为"峻流"，且山石像猛兽龇牙咧嘴，参差怪异。无怪乎林纾盛赞此文"为柳集中第一得意之笔，虽合荆、关、董、巨四大家，不能描而肖也"。林纾所说的"荆、关、董、巨"是谁呢？指的是五代十国时期北方画派的荆浩、关仝和南方画派的董源、巨然。前二者沉郁雄浑，气势宏大，尽显北方山河的雄奇之态；后两者笔法细腻，写尽江南风景的秀美之姿。以此两画派四大家作比，可见柳宗元笔下黄溪之美在于风格之迥异，尺幅之间，尽览雄奇与秀丽。《山晓阁选唐大家柳柳州全集》亦云："凡写石、写泉、写树，处处换笔，便处处另换一个洞天福地。坐卧其间，此身恍在黄溪深处，真是仅事。"使人如临其境，便是写景之胜。

最后补出黄神的传说，看似赘笔，其实不然。一则，在黄溪奇丽的自然山水之外，黄神的由来给此地山水增添了一层神秘色彩，也多了些许历史的况味。二则，黄神系王莽后人，其因王莽政变失败更改姓氏于此避难，但是"民咸安焉"，故深受百姓尊敬，甚至"死乃俎豆之，为立祠"。柳公已谪居永州八年，与黄神遭遇有些相似，故他借黄神来抒写内心之苦也在情理之中。柳公游的是黄溪，其所记者又岂止是黄溪啊！

柳州^①山水近治^②可游者记

古之州治，在浔水^③南山石间。今徙在水北，直平四十里，南北东西皆水汇^④。

北有双山，夹道崭然^⑤，曰背石山。有支川，东流入于浔水。浔水因是北而东，尽大壁下。其壁曰龙壁。其下多秀石，可砚^⑥。

南绝水，有山无麓^⑦，广百寻，高五丈，下上若一，曰甑山^⑧。山之南，皆大山，多奇。又南且西，曰驾鹤山，壮耸环立，古州治负^⑨焉。有泉在坎^⑩下，恒盈而不流。南有山，正方而崇，类屏者，曰屏山。其西曰姥山，皆独立不倚。北沉^⑪浔水濑下。

又西曰仙弈之山。山之西可上。其上有穴，穴有屏，有室，有宇^⑫。其宇下有流石^⑬成形，如肺肝，如茄房^⑭，或积于下，如人，如禽，如器物，甚众。东西九十尺，南北少半。东登入小穴，常^⑮有四尺，则廓然甚大。无窍，正黑，烛之，高仅见其宇，皆流石怪状。由屏南室中入小穴，倍常而上，始黑，已而大明，为上室。由上室而上，有穴，北出之，乃临大野，飞鸟皆视其背[16]。其始登者，得石枰[17]于上，黑肌而赤脉[18]，十有八道，可弈，故以云。其山多栌[19]，多楮，多筼筜[20]之竹，多橐吾[21]。其鸟，多秭归[22]。

石鱼之山，全石，无大草木，山小而高，其形如立鱼，在多秭归。西有穴，类仙弈。入其穴，东出，其西北灵泉在东趾下，有麓环之。泉大类㲉[23]雷鸣，西奔二十尺，有洄，在石涧，因伏无所见，多绿青之鱼，多石鲫，多鲦。

雷山，两崖皆东；西，雷水出焉，蓄崖中曰雷塘，能出云气，作雷雨，变见[24]有光。祷用俎鱼[25]、豆㿽[26]、脩[27]形[28]、糈[29]稌[30]、阴酒，虔则应。在立鱼南，其间多美山，无名而深。峨山在野中，无麓，峨水出焉，东流入于浔水。

【注释】

①柳州：今广西柳州一带，治所在今柳州。

②近治：指治所附近地区。

③浔水：即流经今柳州地区的柳江。

④汇：迂回，环绕。

⑤崭然：山势高峻突兀的样子。

⑥砚：作动词，制作砚台。

⑦有山无麓：山势陡峭而没有缓坡林木。

⑧甑（zèng）山：今广西柳州东南。

⑨负：背靠。

⑩坎：坑。

⑪沉：形容山势直下没入水中。

⑫宇：屋檐。这里形容如同屋檐的顶上边缘。

⑬流石：指钟乳石。

⑭茄（jiā）房：莲蓬。

⑮常：长度单位，八尺为寻，倍寻为常。倍寻，即
两寻，十六尺。

⑯飞鸟皆视其背：意为地势高，使飞鸟也在脚下，
所以看到的是鸟背。

⑰枰（píng）：棋盘。

⑱黑肌而赤脉：形容"棋盘"底色为黑，线条为红。

⑲柽（chēng）：与下句的"楮"，均为乔木名。

⑳筼筜（yún dāng）：竹子的一种，皮薄、节长而
竿高。

㉑橐吾：花名，即款冬，多年生草本植物。严冬开
花，可入药。

㉒秭（zǐ）归：鸟名，通称"子规"，即杜鹃。

㉓毂（gǔ）：车轮。

㉔见（xiàn）：显现。

㉕俎鱼：俎中陈放的鱼。俎，祭祀时陈放鱼肉等食物的礼器。下句的"豆"类此，但形制不同。

㉖豆彘：豆中陈放的猪肉。彘，猪。

㉗脩（xiū）：干肉。

㉘鉶：通"铏"。盛羹的器皿。古代祭祀时会在铏器中调以五味的羹。

㉙糈（xǔ）：祭祀时用的精米。

㉚稌（tú）：稻子。

【赏读】

此篇游记算是柳宗元山水游记中较为特殊的一篇，相对于他的山水代表作《永州八记》来说，此篇在写法和风格上差异较大。它不像《永州八记》那样全文基本上都是聚焦在一个景上，而是一文多景，全方位介绍柳州州治周围十几处的山水；也不像《永州八记》采取的是夹叙夹议的叙事手法，而是工笔白描，"全是叙事，不着一句议论感慨"。

柳宗元为什么要如此布局，采用如此特殊的写法？

这或与作者处境的改变有关。柳宗元被贬永州十年后，于元和十年（815）奉诏回京，后出为柳州刺史。在永州可以有大把的时间游山玩水，借以排遣内心的忧惧，可以细致入微地品析山情水韵。在柳州则要处理政务，虽也不改旧习，但出游的时间少了，其游记作品也明显减少。另外，此时的他已不再是闲职的"司马"，更不是戴罪之"僇人"，对始终渴盼重返政坛、有所作为的作者而言，虽是外放，却不啻是个好消息，至少有了一方"试验田"让自己一展身手。如此一来，其心情与在永州时便大不相同。所以，在章士钊看来，柳宗元这样写是为了"登录地理、用备参稽之作"，这是有一定道理的。

从文章的开头来看，柳宗元以柳州州治为中心，采用散点扫描的方式，逐步介绍了周围地理环境。前两段仅以百余字写了背石山、甑山、驾鹤山、屏山、姥山等五座山，笔墨精简到了极致，然言简意赅，颇有些地理志的笔法。如清人王文濡所言，"山水夹叙，方向一丝不乱，非熟于龙门者不辨。逐段记去，仿佛昌黎由于中有线索之故"。虽是简约，亦能凸显山的不同特点，匠心可见。北边的背石山，双峰并峙，"夹道崭然"，高大陡峭，盛产砚石；南边的甑山，孤立一座，有山无麓，上下一致；西南的驾鹤山，"壮耸环立"，背负州治；屏山，方方正正，高耸入云，状若屏风；西边的姥山，"独立不倚"。此四者着墨不多，各个不同，却也都显示出柳州诸山石灰岩的地貌特征。

作者将笔墨重点落在了仙弈山上，观察细致、描述生动，尤以其间的石穴为最，向被誉为写得最为出色的部分。仙弈山当然也是石灰岩的地貌，作者在对仙弈之山进行描写时，多用比喻，使描摹的对象更为形象可感。"如肺肝，如茄房""如人，如禽，如器物"，显示了仙弈山的洞穴繁多且形象各异。我们还可以看到文中多次用到程度副词"甚"和"皆"："甚众""则廓然甚大""皆流石怪状""飞鸟皆视其背"，凸显出洞内景象的奇异，使读者如临其境。这里的流石，就是钟乳石。作者在一千多年前就对柳州的溶洞和钟乳石进行了如此细致的描述，这或许也是作者的一大贡献吧。整段文字叙述清晰，有条不紊，虽无主语，却好似在引领读者前行，从"东登入小穴"到"正黑，烛之"再到"由屏南室中入小穴"又到"由上室而上"，最后"北出之，乃临大野"，都使文本具有游览的行动感和明晰的方向感。正因为如此，故有人认为此文更像是一幅风景区的导览图。沈德潜就认为："句似郦道元《水经注》，零零杂杂不立间架，不用联络照应，真奇作也。"

　　总体而言，这篇游记与永州时期创作的游记相比，没有借山水来象征自己坎坷的命运遭遇，没有了内心的不平愤慨之气，或许是因为到了生命的暮年，柳宗元已知自己无力再重返朝廷，再也没有了对未来的期盼，心情反而更显平静的缘故吧。

卷二 说文论道

闲其性，安其情，读其书，通《易》《论语》，唯山水之乐，有文而文之。

与李翰林建①书

　　杓直足下：州传②遽至，得足下书，又于梦得③处得足下前次一书，意皆勤厚④。庄周言，逃蓬藋者，闻人足音，则跫然喜。⑤仆在蛮夷中，比⑥得足下二书，及致药饵⑦，喜复何言！仆自去年八月来，痞⑧疾稍已。往时间⑨一二日作，今一月乃二三作。用南人槟榔、余甘⑩，破决壅隔大过⑪，阴邪虽败，已伤正气。行则膝颤，坐则髀⑫痹。所欲者补气丰血，强筋骨，辅心力，有与此宜者，更致数物。忽得良方偕至，益善。

　　永州于楚为最南，状与越相类。仆闷即出游，游复多恐。涉野有蝮虺⑬大蜂，仰空视地，寸步劳倦；近水即畏射工⑭沙虱⑮，含怒窃发，中人形影，动成疮痏。时到幽树好石，暂得一笑，已复不乐。何者？譬如囚拘圜土⑯，一遇和景⑰，负墙搔摩，伸展支体。当此之时，亦以为适，然顾地窥天，不过寻丈，终不得出，岂复能久为舒畅哉？明时⑱百姓，皆获欢乐；仆士人，颇识古今理道⑲，独怆怆如此，诚不足为理世下执事⑳，至比愚夫愚妇又不可得，窃自悼也。

仆曩时所犯，足下适在禁中㉑，备观本末，不复一一言之。今仆癃残顽鄙㉒，不死幸甚。苟为尧人㉓，不必立事程功，唯欲为量移㉔官，差轻罪累，即便耕田艺麻，取老农女为妻，生男育孙，以供力役，时时作文，以咏太平。摧伤之余，气力可想。假令病尽己，身复壮，悠悠人世，越不过为三十年客耳。前过三十七年，与瞬息无异。复所得者，其不足把玩，亦已审矣。杓直以为诚然乎？

仆近求得经史诸子数百卷，常候战悸㉕稍定，时即伏读，颇见圣人用心、贤士君子立志之分㉖。著书亦数十篇，心病，言少次第，不足远寄，但用自释。贫者士之常㉗，今仆虽羸馁㉘，亦甘如饴矣。

足下言已白常州㉙煦㉚仆，仆岂敢众人待常州㉛耶！若众人，即不复煦仆矣。然常州未尝有书遗仆，仆安敢先焉？裴应叔㉜、萧思谦㉝仆各有书，足下求取观之，相戒勿示人。敦诗㉞在近地，简人事㉟，今不能致书，足下默以此书见之。勉尽志虑，辅成一王之法㊱，以宥罪戾。不悉㊲。宗元白。

【注释】

①李翰林建：李建，字杓直，曾任翰林学士。

②州传：经过州郡驿站的传递。

③梦得：刘禹锡，字梦得，作者的好友。当时同时遭贬，为朗州（今湖南常德一带）司马。

④勤厚：恳切深厚。

⑤"庄周言"四句：语出《庄子·徐无鬼》，文字略有出入。意为流落到荒野草莽之人，一旦听到人的脚步声，就会很高兴。蓬藋（diào），两种杂草名，这里泛指杂草、草丛。跫（qióng）然，在《庄子》原文"闻人足音跫然而喜矣"中，本形容脚步声，但作者引文有误，其意变为欣喜之貌。

⑥比：近来。

⑦药饵：药物。

⑧痞：中医病名，胸腹内郁结成块。

⑨间：间隔。

⑩余甘：果名，即橄榄。

⑪壅隔大过：壅塞阻隔的大毛病。

⑫髀（bì）：大腿。

⑬蝮虺（huǐ）：蝮蛇，有剧毒。

⑭射工：一种水中毒虫，据说能对人或人影发射毒气，人被射中即生疮，影子被射中也会生病。

⑮沙虱：也是一种毒虫，极细小，能钻入人体，甚至致人死亡。

⑯圜（yuán）土：监狱。

⑰和景：春天温暖清和的光景。

⑱明时：政治清明时代，一般用以称颂本朝，但这里似含暗讽之意。

⑲理道：治理之道。理，治。唐代因避高宗李治名讳，用字多以"理"代"治"。下句"理世"同此。

⑳执事：有职守之人，官员。

㉑禁中：帝王所居宫内。这里指翰林院。

㉒癃（lóng）残顽鄙：衰病残废，顽劣鄙陋。

㉓尧人：帝尧时代之人，即生活在太平盛世的人。

㉔量移：指官吏因罪远谪，遇赦酌情调至近处任职。

㉕战悸：身体颤抖，内心慌跳。指前面所述疾病的症状。

㉖分（fèn）：本分，职责。

㉗贫者士之常：贫困是士人的常态。语出《列子·天瑞》："贫者士之常也，死者人之终也。处常得终，当何忧哉？"

㉘羸馁（léi něi）：瘦弱饥饿。

㉙常州：指常州刺史李逊，李建之兄。

㉚煦：恩惠，关照。

㉛众人待常州：拿李逊当平常人看待。

㉜裴应叔：裴埙，字应叔，是作者姐夫裴瑾之弟。

㉝萧思谦：萧俛，字思谦，官至翰林学士。作者曾给裴应叔、萧思谦二人写信。

㉞敦诗：崔群，字敦诗，时任翰林学士。

㉟简人事：简省交际应酬。

㊱一王之法：一代王朝的法度。

㊲不悉：不再详言。旧时书信结尾处的套语。

【赏读】

据信中"前过三十七年"推断，此文当写于元和四年（809），作者被贬永州已有四年之久了。在永州的前几年，原先的老朋友多虑受其牵连，几乎没有人给他写信，直到四年后才陆续收到一些书信。《柳集》中收录了六封自元和四年起的书信，这六人中有柳宗元父亲的老友许孟容、他的岳父杨凭。此外，就是翰林学士李建等人。

李建是柳宗元早年在京城的朋友，柳宗元在《送崔群序》中说自己、崔群与"陇西李杓直，南阳韩安平，洎予交友"，李杓直即为李建，可见作者与之交情甚笃。李建迷信道教，常服食丹药，五十八岁就过世或与这一行为有关系。但柳宗元不迷信，他与李建交笃，是知其为人正直之故。正因为如此，作者在书信中才可以毫无拘束地陈述自己的遭遇与心境，更可以夹杂些许琐碎之事以及恳请之意，其情真切自然、毫不造作。

　　永州荒僻，"涉野有蝮虺大蜂"，近水则有"射工沙虱"，暗中"中人形影，动成疮痏"，环境恶劣可见一斑。外出小心翼翼，再加上与友亲几乎断了联系，内心非常孤独，所以收到友人来信的激动与兴奋可想而知。文章一开始就以庄子之言"逃蓬藋者，闻人足音，则跫然喜"作比，来形容自己的心情。实际上，作者的处境要远比我们想象的艰难，除却上述或隐或显的原因，身体的病痛也是其中之一。面对好友，作者毫不讳言自己的健康状况，"行则膝颤，坐则髀痹"，话如家常，颇为平易，内心之凄楚，流露其间。

　　文章的情感非常复杂，显示了作者内心的极度矛盾。

　　一方面，是凄凉、无奈，多少还带着一些消极。四年"如囚拘圜土"的贬谪生活，使得作者从一个怀有远大抱负、积极进行政治革新的诗人，变得开始认为自己"不足为理世下执事"，怀疑自己作为合格官员的资格，发出"不死幸甚"的感慨，甚至还认为"不必立事程功"，而只要"耕田艺麻，取老农女为妻，生男育孙"即可，以后的岁月也已"不足把玩"，可见现实的各种不幸遭际对作者打击之巨大。由于现实太过于残酷，而自己又无法找到更好的出路与办法，作者只能寄希望于亲朋故旧伸出援手。小到药物，"更致数物"，大到希望能

"辅成一王之法，以宥罪戾"，将自己从现实的泥淖中解救出来。他曾作《与浩初上人同看山寄京华亲故》一诗："海畔尖山似剑铓，秋来处处割愁肠。若为化得身千亿，散上峰头望故乡。"诗中，诉说自己惨苦的心情、迫切的归思，希望友人能一为援手，使得自己不至葬身瘴疠之地。当然，柳宗元自离开京都，就再也没能够回去了，两相比较，读来令人不胜唏嘘。

另一方面，柳宗元毕竟还是一个有抱负的封建士子，虽身处逆境，也没有改变读书人的本质。柳宗元说自己遭际不幸，许是为了安慰友人，但更多的或是一种自勉："贫者士之常，今仆虽羸馁，亦甘如饴矣。"他还颇费了些气力，"求得经史诸子数百卷""时即伏读"，以见"圣人用心、贤士君子立志之分"，至于他奋笔著书数十篇，其心可知晓矣。他甚至还想着"苟为尧人"当如何，更是反衬出当下并非如尧舜的美好时期，也隐约显示出作者内心对时局的一丝焦虑与不安。真是身处江湖而心在庙堂，其心可鉴啊！

与韩愈论史官书

正月二十一日，某顿首十八丈退之侍者前①：获书言史事，云具与刘秀才书，②及今乃见书稿，私心甚不喜，与退之往年言史事大谬③。

若书中言，退之不宜一日在馆下，安有探宰相意，以为苟以史荣一韩退之耶？④若果尔，退之岂宜虚受宰相荣己，而冒⑤居馆下，近密地，食奉养，役使掌固⑥，利纸笔为私书，取以供子弟费？古之志于道者，不若是。

且退之以为纪录者有刑祸，避不肯就，尤非也。史以名⑦为褒贬，犹且恐惧不敢为；设使退之为御史中丞大夫⑧，其褒贬成败人愈益显，其宜恐惧尤大也，则又扬扬入台府⑨，美食安坐，行呼唱⑩于朝廷而已耶？在御史犹尔，设使退之为宰相，生杀出入升黜天下士，其敌益众，则又将扬扬入政事堂⑪，美食安坐，行呼唱于内庭外衢⑫而已耶？何以异不为史而荣其号、利其禄也？⑬

又言"不有人祸，则有天刑"。若以罪夫前古之为史者，然亦甚惑。凡居其位，思直⑭其道。道苟直，虽死不可回也；如回之，莫若亟去其位。孔子之困于鲁、卫、陈、宋、蔡、齐、楚者⑮，其时暗，诸侯不能行也。其不遇⑯而死，不以作《春秋》故也⑰。当其时，虽不作《春秋》，孔子犹不遇而死也。若周公⑱、史佚⑲，虽纪言书事，犹遇且显也。又不得以《春秋》为孔子累。⑳范晔㉑悖乱，虽不为史，其宗族亦赤㉒。司马迁触天子喜怒㉓，班固不检下㉔，崔浩沽其直以斗暴虏㉕，皆非中道㉖。左丘明㉗以疾盲，出于不幸，子夏㉘不为史亦盲，不可以是为戒。其余㉙皆不出此。是退之宜守中道，不忘其直，无以他事自恐。退之之恐，唯在不直、不得中道，刑祸非所恐也。

凡言二百年文武士多有诚如此者。今退之曰：我一人也，何能明？㉚则同职者又所云若是，后来继今者又所云若是，人人皆曰我一人，则卒谁能纪传㉛之耶？如退之但以所闻知孜孜不敢怠，同职者、后来继今者，亦各以所闻知孜孜不敢怠，则庶几不坠㉜，使卒有明也。不然，徒信人口语，每每异辞，日以滋久，则所云"磊磊轩天地"㉝者决必沉没，且乱杂无可考，非有志者所忍恣㉞也。果有志，岂当待人督责迫蹙㉟然后为官守耶？

又凡鬼神事^㊱，渺茫荒惑无可准，明者所不道，退之之智而犹惧于此。今学如退之，辞如退之，好议论如退之，慷慨自谓正直行行^㊲焉如退之，犹所云若是，则唐之史述其卒无可托乎？明天子贤宰相得史才如此，而又不果，甚可痛哉！退之宜更思，可为速为，果卒以为恐惧不敢，则一日可引去，又何以云"行且谋"^㊳也？今人当为而不为，又诱馆中他人及后生者，此大惑已。不勉己而欲勉人，难矣哉！^㊴

【注释】

①某顿首十八丈退之侍者前：这是古人书信中典型的开头客套语。某，作者自称。顿首，叩头。十八，唐人风气，以兄弟排行相称，韩愈排行十八，故称。丈，对年长者的尊称。退之，韩愈的字。侍者前，意谓自己不敢与对方平等相对，只能在对方的侍者跟前说话。

②"获书"二句：意为得到你谈关于修撰史书的信，说道理都写在给刘秀才的书信里了。刘秀才，名轲，曾给韩愈写信谈修撰国史之事，韩愈写了《答刘秀才论史书》回复他。

③"与退之"句：意为这次来信所说的话，与你往年所说关于修史的话相比，大为谬误。韩愈在担任史官之前，曾表示要如实修撰国史。

④"安有"二句：韩愈在给刘秀才的信中说，他当史官，只是因为宰相"哀其老穷……苟加一职荣之耳"，作者表示，怎能这样推测宰相之意呢？

⑤冒：冒名充数。

⑥掌固：当作"掌故"，这里指史馆中掌管史料的小吏。

⑦名：与"实"相对，名义，这里指文字。意为下文所说御史中丞大夫、宰相对人的褒贬，事关其人现实中的生死荣辱，是很"实"的。与之相比，史官对前人的文字褒贬，只是在文字、名义上。

⑧御史中丞大夫：官名，掌对文武百官的监察、弹劾。

⑨台府：御史台官府。

⑩呼唱：古代臣子上朝，要高呼皇帝万岁，并唱报自己的姓名和官职。

⑪政事堂：宰相的官署。

⑫内庭外衢：指宫禁内外。外衢，宫廷外的大道。

⑬"何以异"句：意为这和不尽史官职责而只是贪图其荣誉、享受其俸禄有什么不同呢？

⑭直：公正，正直。

⑮"孔子"句：指孔子周游列国时，遇到许多困厄危难。以下众多史官遭祸的事例，均为韩愈写给刘秀才

的书信中所列举。

⑯不遇：没有遇到贤君明主，不被赏识重用。

⑰不以作《春秋》故也：孔子晚年编订鲁国史书《春秋》，其中隐含他对历史人物事件的褒贬倾向，据《孟子·滕文公下》载，他曾感叹："知我者，其惟《春秋》乎！罪我者，其惟《春秋》乎！"但他最终并不是因《春秋》而死。

⑱周公：西周初政治家姬旦，周武王之弟，相传他制定了《周礼》。

⑲史佚：西周初史官，又名尹佚。

⑳"又不得"句：意为也不能认为是《春秋》拖累了孔子使之不得志。

㉑范晔：南朝宋史学家，编撰《后汉书》。后因参与谋反，被灭族。

㉒赤：诛灭。

㉓司马迁触天子喜怒：司马迁是《史记》的编撰者，因为对李陵投降匈奴之事发表看法而触怒了汉武帝，遭受宫刑，与《史记》无关。

㉔班固不检下：班固是《汉书》的编撰者，因手下人得罪洛阳令种兢，被种兢借机逮捕，死于狱中。不检下，对手下人检束不严。

㉕"崔浩"句：崔浩是北魏史学家，著有《国书》，

官至司徒。因主张发展汉族大地主势力，并刻石自夸正直，引起北魏鲜卑贵族的嫉恨，后被灭族。沽其直，以其"正直"来沽名钓誉。暴虏，对外族的蔑称，这里指鲜卑族。

㉖中道：中正之道。作者认为，上述范晔等人遭祸，都是因为极端的非正常事件导致，而与修史无关。

㉗左丘明：春秋时史学家，盲人，相传《左传》《国语》都是他编撰的。

㉘子夏：孔子弟子卜商，相传因为丧子悲痛而失明。

㉙其余：指韩愈信中列举的因任史官而遭祸的除上述之外的人。

㉚"凡言"四句：指韩愈信中"唐有天下二百年矣，圣君贤相相踵，其余文武之士，立功名跨越前后者，不可胜数，岂一人卒卒能纪而传之邪"之语。何能明，意为怎么能把这众多的文臣武将的事迹都写清楚呢？

㉛纪传：这里作动词，为之写纪传。

㉜坠：遗落。

㉝磊磊轩天地：这也是韩愈所说，原话是："夫圣唐巨迹，及贤士大夫事，皆磊磊轩天地，决不沉没。"

㉞忍恣：容忍放任。

㉟督责迫蹙：监督责令，强迫催逼。引自韩愈原话："苟加一职荣之耳，非必督责迫蹙，令就功役也。"

㊱鬼神事：指韩愈在《答刘秀才论史书》中说："若无鬼神，岂可不自心惭愧。若有鬼神，将不福人。仆虽驼，亦粗知自爱，实不敢率尔为也。"这最后一句即下文"犹惧于此"之意。

㊲行（hàng）行：刚强负气的样子。语出《论语·先进》："子路，行行如也。"

㊳行且谋：韩愈原话是"行且谋引去"，意为暂时先做着，但打算不久就辞去。

㊴"今人"五句：这是针对韩愈信中末尾所说"今馆中非无人，将必有作者，勤而纂之。后生可畏，安知不在足下，亦宜勉之"而言，批评韩愈：你自己当做而不做，却要别人做，不勉励自己却要勉励别人，岂不困难！

【赏读】

柳宗元长于辩论，明代茅坤就曾说："子厚之文多雄辩。"即使是书信，也几乎每书必有论。他好辩善辩，但又不为辩而辩，不发空洞的、无根据的见解。本文就是针对韩愈的一些观点而展开的疾风骤雨似的辩驳。

元和八年（813）春，韩愈作《进学解》，说自己的境况是："冬暖而儿号寒，年丰而妻啼饥。头童齿豁，竟死何裨。"李吉甫览其文而怜之，奇其文才，改任比部郎中、史馆修撰，让其编修《顺宗实录》。但韩愈对担任史官兴趣不高，认为修史是容易得罪人的行当。他在《答刘秀才论史书》一文中表露了自己的复杂内心，认为"夫为史者，不有人祸，则有天刑"，大叹修史之难，并列举了孔子、左丘明、班固等史家的际遇，强调修史的人几乎都没有好结局，并以"行且谋引去"为借口不肯修史。他写给刘秀才的同时，也抄录了一份寄给远在柳州的老友柳宗元，可见二人交情之深。

但交情归交情，面对认知上的不同，柳宗元还是执拗得让人惊叹。这封信，一开始就显得与众不同。

在柳宗元的书信文章中，往往使用简单的抬头，如以"某某足下""宗元白"居多。对那些亲密熟悉的朋友，他有时也会进行省略。但这篇文章，却说"某顿首十八丈退之侍者前"，这就显得有些异常了。一反常态的"谦敬"之后，就明白作者的用意了。接下来开始不再"谦敬"，而是火药味十足，直陈自己"甚不喜"，措辞激切，行文不做任何的矫饰与遮掩，如同"疾风骤雨之文，劈头劈脸而来，令人不可躲避"，强调对方的观点"大谬"。简单的开局，立场鲜明。

接着，总体驳斥了韩愈的错误，丝毫没有避讳，连用两个反问句，直接指出退之这样的想法其实就是虚享其荣而又非志于道。柳宗元开始一一痛斥了退之避人祸不肯作史、避天刑不肯作史、推诿周列不肯作史、惑鬼神不肯作史、负其所学上负君相不肯作史的错误心态。他认为："是退之宜守中道，不忘其直，无以他事自恐。退之之恐，唯在不直、不得中道，刑祸非所恐也。"整个反驳过程，先明示韩愈观点，然后对症下药，一步步追层推翻。他熟悉韩愈的文章，清楚韩愈推崇名应符实。于是，他抓住这一个切入点，指出史官不应该"以名为褒贬"。假设韩愈成为御史中丞乃至御史大夫，掌握实权，如此权高位显，是否将扬扬而入朝廷，"美食安坐，行呼唱于内庭外衢而已耶"？直指韩愈痛处，提出史官应循名责实。

韩愈在《答刘秀才论史书》中列举历代史家都因作史而没有好结果，这些陈述明显背离历史，柳宗元抓住了这一点，简要举了孔子、周公、史佚、司马迁等人不幸的真实历史，从事实出发进行反驳，可以说是抓住了韩愈的软肋，一举拿下。

而对于退之的推诿，柳宗元又以正反两个假设来引起韩愈的深思。如果退之推诿，那么同职者、后来继今者也将如是，"则卒谁能纪传之耶"？如果退之孜孜不怠，那么其他人也如此，"则庶几不坠，使卒有明也"。一正一反的对比，利弊自明，褒贬立见，可见子厚之慎思强辩。

　　讲清了这些，其实就是为了指出作为史官的韩愈所要面临的真正重要的现实问题是倘要真做，该怎么做，而非人祸、天刑、鬼神等这些不必要不实际的困惑。但柳宗元知道，史官首先要做稳"官"才能"为史"，他也知道"元和天子"的权力，了解李吉甫再相后的朝廷动向。所以，他虽然严厉批评了韩愈的畏惧怕事，但也不得不设身处地地为韩愈着想，考虑他的周全，即"宜守中道，不忘其直"。

　　整篇文章虽然措辞激切，批驳如疾风骤雨般，劈头劈脸而来，但褒贬适宜，且字句间充满真挚与关切。章士钊就说："然书中言说侃侃，有质直而无讪笑，意中仍以能受尽言之君子相期退之。"子厚在文末强调："今学如退之，辞如退之，好议论如退之，慷慨自谓正直行行焉如退之，犹所云若是，则唐之史述其卒无可托乎？"这是对退之的褒扬，更是激励，他赞赏韩愈的才华，期望他"更思"。朋友间只有相知至深，才会如此责之切而又期望之深。

与吕恭①论墓中石书②书

宗元白：元生③至，得弟书，甚善，诸所称道具④之。元生又持部中⑤庐父墓者⑥所得石书，模⑦其文示余，云若将闻于上，余故恐而疑焉。仆蚤好观古书，家所蓄晋、魏时尺牍⑧甚具；又二十年来，遍观长安贵人好事者所蓄，殆无遗焉。以是善知书，虽未尝见名氏，亦望而识其时也。又文章之形状，古今特异。弟之精敏通达，夫岂不究于此！今视石文，署其年曰"永嘉"⑨，其书则今田野人⑩所作也。虽支离其字⑪，犹不能近古。为其"永"字等颇效王氏变法⑫，皆永嘉所未有。辞尤鄙近，若今所谓律诗者，晋时盖未尝为此声⑬。大谬妄矣！又言植松乌擢之怪⑭，而掘其土得石，尤不经⑮，难信。或者得无奸为之乎？

且古之言"葬者，藏也"。"壤树之"，而君子以为议。⑯况庐而居者，其足尚之哉？⑰圣人有制度，有法令，过则为辟⑱。故立大中⑲者不尚异，教人者欲其诚，是故恶夫饰且伪也。过制而不除丧，宜庐于庭；

而矫于墓者，大中之罪人也。^⑳况又出怪物，诡神道，以奸大法^㉑，而因以为利乎？夫伪孝以奸利，诚仁者不忍摘^㉒过，恐伤于教也。然使伪可为而利可冒，则教益坏。若然者，勿与知焉可也，伏而不出之可也。^㉓

以大夫^㉔之政良，而吾子^㉕赞^㉖焉，固无阙遗矣。作东郛^㉗，改市鄽^㉘，去比竹茨草^㉙之室，而垍^㉚土、大木、陶甄^㉛、梓匠^㉜之工备，爇^㉝火不得作；化堕窳^㉞之俗，绝偷浮^㉟之源，而条桑^㊱、浴种^㊲、深耕、易耨^㊳之力用，宽徭^㊴、啬货^㊵、均赋^㊶之政起，其道美矣！于斯也^㊷，虑善善之过^㊸而莫之省^㊹，诚悫之道少损^㊺，故敢私言之。夫以淮、济之清，有玷焉若秋毫，固不为病；然而万一离娄子眇然睨之，不若无者之快也。^㊻想默已其事，无出所置书，^㊼幸甚。宗元白。

【注释】

①吕恭：字敬叔。作者的友人。

②墓中石书：墓葬中的石刻文字。

③元生：未详何人。

④具：具备，详尽。

⑤部中：所辖地区。

⑥庐父墓者：在父亲墓旁建庐守墓的人。庐，陋屋。

⑦模：摹写。

⑧尺牍：信札。

⑨永嘉（307~312）：西晋怀帝司马炽的年号。

⑩田野人：村野之人，乡下人。

⑪支离其字：意为故意把字写得残缺古怪。

⑫王氏变法：指东晋书法家王羲之善于变化的笔法。

⑬晋时盖未尝为此声：律诗由南朝后期逐渐发展，到唐初才形成，晋代不可能有此诗体。

⑭植松乌擢（zhuó）之怪：墓旁所种的松树被乌鸦拔出，现出怪物。

⑮不经：荒诞不合常理。

⑯"且古"三句：《礼记·檀弓上》载，有个叫国子高的人，曾经批评建坟种树的做法，认为埋葬就是为了让人看不到，怎么反而堆上土种上树呢？

⑰"况庐"二句：意为连建坟种树都遭非议，何况在墓旁建屋守墓的行为，就更不足以崇尚了。

⑱过则为辟：过分了就是邪僻。

⑲大中：既无过又无不及的中正之道。

⑳"过制"四句：意为超过了礼制期限还不想解除丧服，就应该在庭院里建庐守丧；而那位以墓旁建庐矫正礼制的人，是中正之道的罪人。

㉑奸大法：玷污败坏国家法令。

㉒擿（tī）：揭发。

㉓"若然者"三句：意为像这种作伪牟利而败坏教化的事，可以不去知道它，也可以不去张扬它。

㉔大夫：这里指当时的江南西道观察使韦丹，曾任谏议大夫。

㉕吾子：对对方的尊称。

㉖赞：襄助，辅佐。韦丹任江南西道观察使时，吕恭以监察御史参江南西道军事。

㉗郛（fú）：古代城圈外围的大城。

㉘市鄽（chán）：店铺集中的市区。

㉙比竹茨草：编织竹篾，覆盖茅草。

㉚垍（jì）：土质坚硬。

㉛陶甄：烧制陶器。

㉜梓匠：建筑工。

㉝孽：灾害，灾祸。

㉞堕窳（yǔ）：懈怠无力。

㉟偷浮：苟且虚浮。

㊱条桑：采桑。

㊲浴种：浸种。

㊳易耨：种植除草。

㊴宽徭：放宽徭役。

㊵啬货：节约财货。

㊶均赋：公平赋税。

㊷于斯也：对于这件事。指上述"墓中石书"之事。

㊸善善之过：过于褒扬善事。

㊹莫之省（xǐng）：没有仔细省察。

㊺诚悫（què）之道少损：使得诚实淳朴之道稍受损害。

㊻"夫以"五句：意为像淮水、济水那么清澈的水流，稍微有点脏污，本来也没有什么，但万一被个别眼尖的人远远看到了，也总不如没有污点感觉爽快。离娄，古代传说中眼力特别好的人。眇（miǎo）然，远望的样子。

㊼"想默"二句：意为希望你暗中了却此事，不要把那个墓中石书出示于人。

【赏读】

　　本文写于柳宗元被贬永州之时，主要是写信与友人吕恭讨论一种伪造的古董，即所谓的墓中石刻。全文以确凿证据展开论述，揭露了伪造者丑陋的表演，同时，还为友人提出相应的解决方法，立场鲜明，但口气非常委婉，令人信服。

　　当时，有个人在其父亲坟墓旁边建房子守孝时，发现了一块有文字的石刻，柳宗元听说友人吕恭将要把这件事上奏朝廷，感到十分不安又疑惑。但他没有直接提出反对意见，而是由表及里、逐层深入，一步步地分析这件事的荒谬。

柳宗元先强调了自己对书法的研究，早年就喜好古代书法，家中收藏完备，二十年来又观遍他人的收藏，几乎没有遗漏，可以说是比较善于鉴别书法。清人何焯读到这几句，说他："多阅则识真。"几句铺垫后，柳宗元才开始提出他的质疑：石刻上的文字，所署的年号为"永嘉"，可上面的书法却是当时乡下人所写的；石刻上的"永"等字，模仿王羲之写字用笔，这都是永嘉时期的书法所没有的；文辞粗浅，根本不是晋时诗律声调……这些证据都有力地证明了这个墓中石刻是伪造的。不仅如此，还说是在墓旁栽上松树，被乌鸦拔掉了，才在那里挖出了石刻。作者认为"尤不经，难信"，其无神论的立场显露无遗。但是柳宗元的口气还是十分委婉的，他只是说"或者得无奸为之乎"。

柳宗元接着揭露了这件事中更为荒谬之处。古人说"葬者，藏也"，死者已逝，埋葬是为了让其安息，是要将其"隐藏"。在墓旁种植树木有时都会受到批评，更何况这个人在其父亲坟墓旁建房子，实在是逾越了规矩。他表面上是为了守孝，实际上却别有用心。伪造墓中石刻，又用鬼神来骗人，以守孝之名用不正当的手段去谋取利益，是"饰且伪"的行径，是"大中之罪人"。对于这样的行径，柳宗元认为根本不必声张，"勿与知焉可也，伏而不出之可也"，这才是正确的。

即使分析到这里，柳宗元也没有直接强硬指出吕恭想将这件事上报朝廷的错误性。更妙的是，在揭露了伪造者丑陋的表演之后，柳宗元并没有直接提出自己的建议，而是先对吕恭帮助韦丹在江西施行改革措施及其取得的成就进行了充分的肯定，继而以比喻的方法相劝，最后含蓄地在结尾说出"想默已其事，无出所置书，幸甚"。口气委婉至极，想必友人也更容易接受吧。

整篇文章论说详尽，层层递进，言辞委婉而又深入人心。清人孙琮不禁感叹："子厚可谓神鉴。行文详核奥折，尤见宗工作手。"

与友人论为文书

古今号①文章为难，足下知其所以难乎？非谓比兴②之不足，恢拓③之不远，钻砺④之不工，颇颣⑤之不除也。得之为难，知之愈难耳。苟或得其高朗，探其深赜⑥，虽有芜败，则为日月之蚀也，大圭⑦之瑕也，曷足伤其明黜其宝哉？

且自孔氏以来，兹道⑧大阐⑨。家修人励，刓精竭虑⑩者，几千年矣。其间耗费简札，役用心神者，其可数乎？登文章之箓⑪，波及后代，越不过数十人耳。其余谁不欲争裂绮绣⑫，互攀日月⑬，高视于万物之中，雄峙于百代之下乎？率皆纵臾⑭而不克，踯躅⑮而不进，力蹙势穷⑯，吞志而没⑰。故曰得之为难。

嗟乎！道之显晦，幸不幸系焉；⑱谈之辩讷⑲，升降⑳系焉；鉴㉑之颇正㉒，好恶系焉；交之广狭，屈伸㉓系焉。则彼卓然自得以奋其间㉔者，合乎否乎？是未可知也。而又荣古虐今㉕者，比肩叠迹㉖。大抵生则不遇㉗，死而垂声㉘者众焉。扬雄㉙没而《法言》大兴，马迁㉙生而《史记》未振。彼之二才，且犹若是，况乎未甚闻著者哉！固有文不传于后祀㉚，声遂绝于天下者矣。故曰知之愈难。而为文之士，亦多渔猎㉜前作，戕贼㉝文史，抉㉞其意，抽其华，置齿牙间，遇事蜂起，金声玉耀㉟，诳聋瞽之人㊱，徼㊲一时之声。虽终沦弃，而其夺朱乱雅㊳，为害已甚。是其所以难也。

间㊴闻足下欲观仆文章，退㊵发囊笥㊶，编其芜秽㊷，心悸气动，交于胸中，未知孰胜㊸，故久滞而不往㊹也。今往仆所著赋颂碑碣文记议论书序之文，凡四十八篇，合为一通㊺，想令治书苍头㊻吟讽之也。击辕拊缶㊼，必有所择，顾㊽鉴视其何如耳，还以一字示褒贬焉。

【注释】

①号：声称。

②比兴：诗歌创作的两种表现手法，这里泛指各种文学体裁的各种手法。

③恢拓：开拓，弘扬。这里指在文章的思想、意境方面。

④钻砺：钻研琢磨。这里指在文字表达方面。

⑤颇颣（lèi）：偏颇缺陷。

⑥深赜（zé）：幽深奥妙。

⑦圭：古代帝王诸侯在重大典礼时手持的一种玉器。

⑧兹道：此道。指写作文章的风气。

⑨阐：开，发扬。

⑩刓（wán）精竭虑：挖空心思绞尽脑汁。刓，挖刻。

⑪登文章之箓（lù）：登上记载文章的簿籍。意为作品优秀能进入经典名列。

⑫争裂绮绣：意为在文坛上竞争瓜分夺一席之地。绮绣，精美的绣花丝织品，这里比喻文坛。

⑬互攀日月：意为相互竞争要攀上最高地位。

⑭纵臾：怂恿。

⑮踯躅（zhí zhú）：徘徊不前的样子。

⑯力麿（cù）势穷：心劳力尽，穷途末路。

⑰吞志而没：饮恨而死。

⑱"道之"二句：思想主张被显扬还是被埋没，与自己的幸运还是不幸运有关。系，关系。

⑲辩讷（nè）：雄辩还是迟钝。讷，语言迟钝。

⑳升降：地位高或低。

㉑鉴：鉴定。

㉒颇正：偏颇还是公正。正，公正。

㉓屈伸：委屈还是得志。

㉔卓然自得以奋其间：自以为才华卓越而在文坛上

奋斗。

㉕荣古虐今：厚古薄今。

㉖比肩叠迹：肩膀相挨、足迹相叠。形容人数众多，络绎不绝。

㉗不遇：得不到赏识。

㉘垂声：留传名声。

㉙扬雄：西汉末学者，著有《法言》。

㉚马迁：即司马迁。作者为追求上下句对称而略去"司"字。

㉛后祀：后代。

㉜渔猎：窃取。引申为抄袭剽窃。

㉝戕贼：摧残，破坏。

㉞抉（jué）：剔出，抽取。

㉟金声玉耀：像金钟那样的声音，像玉石那样的光彩。比喻外表华丽光鲜。

㊱诳聋瞽之人：欺骗外行不懂的人。聋瞽，耳聋眼瞎，比喻外行不懂。

㊲徼（jiǎo）：通"侥"。引申为希求意外获取成功。

㊳夺朱乱雅：语出《论语·阳货》："恶紫之夺朱也，恶郑声之乱雅乐也。"古人认为，朱红是纯正之色，而紫色是红蓝相加之色，故视之为不纯正。紫色比红色更招人喜欢，则是以邪乱正。郑声是古代郑国民间的音乐，

而雅乐是朝廷正统典雅的音乐，因此不能让郑声扰乱了雅乐。这里以"夺朱乱雅"比喻劣等文章却以其外表华丽而一时盖过优秀作品的风头。

㊴间：近来。

㊵退：返回，归来。

㊶发囊笥（sì）：打开布袋和箱笼。囊笥，读书人用以装书稿的布袋和箱笼。

㊷芜秽：荒芜杂乱。这是对自己旧作的谦称。

㊸未知孰胜：不知道哪些作品比较好。

㊹久滞而不往：耽搁滞留了很久而没有送去。

㊺通：用于文章、文件、书信之类的量词，一通大约表示一份。

㊻治书苍头：即书童。古时奴仆，以深青色头巾包头，故称之为"苍头"。

㊼击辕拊缶：敲击车辕、拍打瓦罐而发出的乐声。比喻粗朴低劣的音乐。这里是作者对自己作品的自谦之辞。

㊽顾：但。

【赏读】

这是柳宗元在永州时，因友人索看文章而写的复信。信中主要就文学创作的难点进行探讨，也对当时文坛上盛行的模拟、剽窃的不良文风予以了尖锐的批判。文中所阐述的观点于古于今，都有着积极意义。全文视野开阔，气势豪迈，"议论亦确，自奕奕有风骨"。

本文开头便以设问领起，直接提出"古今号文章为难"的原因，毫不回避。他认为，平时创作中常见的"比兴之不足，恢拓之不远，钻砺之不工，颇颣之不除"这四个"难点"并不是写文章中的难事。真正的难，在于"得之为难，知之愈难耳"，从而将"为文之难"提升到一个新的认识：获得真知灼见"难"，这是认识高度之难"；这种"知见"要为人们所理解、接受，更难，这是认识推广之难。清人何焯《义门读书记》所言："得之难者，天也；知之难者，人也。""得文""知文"，与"天"、与"人"相关，"似其中皆有运命存焉"。（林纾《韩柳文研究法》）

前者体现了作者的"明道"创作观，而后者恰恰体现了他对坚守"道"的孤独和对真理推广不易、为他人所知之难的现实洞察。

在他看来，文章是内容决定形式，即"质文相生"。写作就是为了"明道"，要"明道"就必须"立言垂文"（《与吕道州温论非国语书》）。所以，创作手法不完美、意境开拓不高远、遣词造句不工巧、文中毛病没去掉，这也只是"日月之蚀""大圭之瑕"，并不是最重要的。

技巧于内容相辅相成固然更好，但内容从"道"而来，形式、技巧要为"道"服务。柳公想借此来规劝"得其高朗"的为文之士，希望他们坚持"探其深赜"，修炼自身，最终使文章"光其明""增其宝"！

　　而就观点的普及和推广，作者认为这比获得真知灼见更难。为什么呢？作者用了三层"难"，由个体到全局，逐层演进。首先，作者认为，"得其高朗"只与作者的自身学习，甚至天分有关。但要让他人"知之"，恐怕就不是自身所能掌控的了。这里面涉及"幸不幸""升降""好恶""屈伸"，也就是与人的遭际、官位高低、人的主观情感、名气大小密切相关。要想符合这些条件已经是很难的了。其次，作者为了说明其中之难，又进一步进行了阐释——"荣古虐今"。厚古薄今的恶劣习俗，致使一些有才华、有独到见解的人，"生则不遇，死而垂声"。这就很深刻了。虽然他举的是扬雄、司马迁等先贤古人之例，但是已经揭示出这些极富真知灼见的伟大文人文章虽流传于后世，声名却在当世隐没的普遍遭遇。今天读来，不得不佩服作者深刻的历史洞察。实际上，既然是"荣古虐今"，或也有柳公的自喻——过去如此，今天亦然。自己一身才华，但始终不得重用，也许自己就如同扬雄和司马迁一样，文运昌荣，皆在身后。可他到底还是幸运的，有"来求文章的友人"的欣赏，"一时知己，不可有两"。（孙琮《山晓阁评点唐柳柳州全集》）柳公为文得文，有友知文，亦属"难"哉！最后的一层"难"，是作者在对当前的文坛"渔猎前作，戕贼文史，抉其意，抽其华"的乱象进行批判的基础上，告诉友人，这些剽窃前人，曲解文史经典，断章取义、抽取他人文章的精华，哗众取宠的作品，已经严重扰乱了人们对好坏、善恶观点的认识和判断，劣币驱良币，"为害已甚。是其所以难也"。

柳宗元一生坎坷，但无论其文学理论，还是创作实践，即便在当时，都有很大的影响。他曾在《报袁君陈秀才避师名书》中说："往在京都，后学之士到仆门，日或数十人；仆不敢虚其来意，有长必出之，有不至，必惎之。"韩愈在《柳子厚墓志铭》中也说："衡湘以南为进士者，皆以子厚为师。其经承子厚口讲指画为文词者，悉有法度可观。"这说明柳宗元不论在京都还是在贬谪以后，都还有人不远千里登门请教。他有不少谈文学理论和写作经验的书信，正是在与友人之间的书信来往中发表流传的。

答周君巢①饵药②久寿书

奉二月九日书，所以抚教③甚具，无以加焉。丈人用文雅④，从知己⑤，日以惇大府之政⑥。甚适。东西⑦来者，皆曰："海上⑧多君子，周为倡焉。"敢再拜称贺。

宗元以罪大摈废⑨，居小州，与囚徒为朋，行则若带缧索⑩，处则若关桎梏⑪，彳亍⑫而无所趋，拳拘⑬而不能肆⑭，槁然若蘖⑮，隤然若璞⑯。其形固若是，则其中者可得矣，然犹未尝肯道鬼神等事。今丈人乃盛誉山泽之臞者⑰，以为寿且神，其道若与尧、舜、孔子似不相类焉，何哉？又乃曰：饵药可以久寿，将分以见与⑱，固小子之所不欲得也。尝以君子之道，处⑲焉则外愚而内益智，外讷而内益辩，外柔而内益刚；出焉则外内若一，而时动以取其宜当，而生人⑳之性得以安，圣人之道得以光。获是而中㉑，虽不至耇老㉒，其道寿矣㉓。今夫山泽之臞，于我无有焉㉔。视世之乱若理，视人之害若利，视道之悖若义；我寿而生，彼夭而死，固无能动其肺肝焉。㉕昧昧㉖而趋，屯屯㉗而居，浩然若有余，掘草烹石，以私其筋骨而日以益愚，他人莫利，己独以愉。若是者愈千百年，滋所谓夭也，㉘又何以为高明之图哉？

宗元始者讲道不笃㉙，以蒙世显利㉚，动获大僇㉛，用是㉜奔窜禁锢，为世之所诟病。凡所设施㉝，皆以为戾，从而吠者成群。己不能明，而况人乎？然苟守先圣之道，由大中以出，虽万受摈弃，不更乎其内。大都类往时京城西与丈人言者，愚不能改。亦欲丈人固往时所执，推而大之，不为方士所惑。仕虽未达，无忘生人之患，则圣人之道幸甚，其必有陈㉞矣。不宣。宗元再拜。

【注释】

①周君巢：当为作者的年长亲友，唐德宗贞元十一年（795）进士，后官至卫尉卿，其他不详。

②饵药：服药。这里指服食丹药。

③抚教：抚慰教诲。

④丈人用文雅：您以渊博的学问。丈人，对周君巢的尊称。

⑤从知己：跟随志趣相投的人。

⑥惇（dūn）大府之政：使官府的政治淳厚。惇，敦

厚，笃实。

⑦东西：泛指各地。

⑧海上：不详，疑为周君巢任职的沿海某地区。

⑨摈废：贬斥。

⑩缳（mò）索：绳索。

⑪桎梏：刑具，即脚镣手铐。

⑫彳亍（chì chù）：小步行走，走走停停的样子。

⑬拳拘：拳跼，屈曲。

⑭肆：放纵，任意。

⑮蘖（niè）：树木砍伐后重生的枝条。

⑯隤（tuí）然若璞：衰颓得像只干老鼠。隤然，衰颓的样子。璞，死鼠，干鼠。

⑰山泽之癯（qú）者：语出《汉书·司马相如传》："相如以为列仙之传，居山泽间，形容甚癯。"这里指隐居山野炼丹求仙的方士。癯，瘦。

⑱分以见与：分一点给我。见，表示其后的动作的承受者是自己。与，给予，赠予。

⑲处：指居家未出仕。下文的"出"与之相对。

⑳生人：生民，百姓。

㉑获是而中：得到这些而没有偏颇。

㉒耇（gǒu）老：高寿。

㉓其道寿矣：意为但我的人生处世之道却长寿不

朽了。

㉔于我无有焉：意为他们的人生处世之道与我无关。

㉕"我寿"三句：意为不论谁生谁死、谁长寿谁短命，他们都无动于衷。

㉖昧昧：盲目、愚昧的样子。

㉗屯屯：意同"沌沌"，浑浑噩噩、愚昧无知的样子。

㉘"若是"二句：意为像这样，即使寿命超过千百年，本质上也还是夭折，只是年岁滋长一些而已。

㉙讲道不笃：对圣人之道的研习不够深厚扎实。

㉚以蒙世显利：以蒙混时世而显贵得利。此指他在"永贞革新"中被重用之事。

㉛动获大僇（lù）：一有举动就犯了大罪。僇，罪。

㉜用是：因此。

㉝设施：措置，筹划。

㉞陈：体现。

【赏读】

本文是柳宗元写给友人的一封回信。

作者被贬永州期间，罪谤交积，心情低落，且身处瘴疠之地，而致百病缠身。友人周君巢致信劝他修仙学道，以便延年益寿，还给他送来了可以"久寿"的丹药。

柳宗元在这篇回信中婉言谢绝了友人的劝告，通过对比阐明了自己与那些采药炼丹、求仙学道之人两种截然不同的人生态度。文章对比鲜明，颇富情感，极具感染力。

在文章的前两段中，作者先是对友人的关心表示了感谢，继而表明了"然犹未尝肯道鬼神等事"坚决的否定态度。"其道者与尧、舜、孔子似不相类焉，何哉？"他以反问的方式道出了友人那种认为隐居山野、求仙学道的人，长寿且神通的看法是不符合尧、舜、孔子主张的。

实际上，时人服食丹药已成风气，这一点柳宗元是非常熟悉的，他身边就有不少人也在服食丹药。如李幼清，曾任睦州刺史，后贬南海，再移永州，柳宗元与之交情颇深。元和六年（811），柳宗元与吴武陵等人在愚溪游玩时，大家都谈到李睦州自从服气食石以来，容貌苍老，内心抑郁。柳宗元就写了《与李睦州论服气书》，力劝李放弃服气。柳宗元的姐夫崔简也是服食了不好的钟乳石，伤了身体，他也写了《与崔连州论石钟乳书》，对钟乳石的优劣性状以及对人体的利与害进行了精辟的阐述。其时，柳宗元自己也身患多种疾病，在这样一种环境里，柳宗元不相信鬼神及饵药可以久寿，确属难得。

作者否定了友人的人生态度，那在他心目中君子又该抱有怎样的处事原则呢？作者分为"处焉"和"出焉"，即无官一身轻和做官掌权的两种人生境遇来说明。他认为君子无官一身轻时，要做到看似愚蠢柔弱，实则内心明辨刚强；君子掌权时则要内外统一，顺势而化，将内蕴的才智转化为能够使人民生活更安定的行动。如此，才能够符合尧、舜、孔子的主张，才能够"虽不至耆老，其道寿矣"。那么，相比君子之道的虽死不朽，不符合圣人主张的那些山泽方士又将如何？在作者看来，那些方士们"视世之乱若理，视人之害若利，视道之悖若义"，无论谁寿谁夭、百姓是生是死，也不能打动他们的内心。他们自私而无知地自处，却好像胸怀坦荡且内心满足，实在是愚昧之至。作者认为像方士这种逃避社会现实，一心修仙学道的人，"若是者愈千百年，滋所谓夭也，又何以为高明之图哉"？即便活到千百岁也是徒劳，也是短寿。通过对两种人生态度、两种人生结局的对比，作者表明个人年寿的短长不能决定生命的价值，如能做到使人民安居乐业、圣人之道发扬光大，即使活不到高年，也是不朽的；相反，逃避社会现实，一心修仙学道，就是活到千百岁，也只能算是短寿。文章的最后一段，作者谈及自身，表明了即便自己万受摈弃，也将坚守先圣人的思想原则，不改初衷。最后，更对友人循循善诱，望友人不要被方士所惑，毋忘百姓苦难，坚守过去所持有的君子之道，做到心系百姓、心忧国家。

在作者所处的那个时代，处于极度困顿中的柳宗元，能够有这样一种不以寿命长短衡量个人生命价值的见识，不寻求长生不老之药，不学习炼丹之术，不炼丹服药，这是颇为难得的，充分表现出了作者积极、科学的人生态度。乾隆帝对此文评价很高："读宗元此文，谓道寿则寿，道夭则夭，识见甚伟。因推类以尽其余，以解世惑焉。"（《唐宋文醇》）

贺进士王参元^①失火书

　　得杨八^②书，知足下遇火灾，家无余储。仆始闻而骇，中而疑，终乃大喜，盖将吊^③而更以贺也。道远言略，犹未能究知其状，若果荡焉泯焉而悉无有，乃吾所以尤贺者也。

　　足下勤奉养，宁朝夕，唯恬安无事是望也。乃今有焚炀赫烈之虞，以震骇左右，而脂膏滫瀡之具^④，或以不给^⑤，吾是以始而骇也。凡人之言，皆曰盈虚倚伏^⑥，去来之不可常。或将大有为也，乃始厄困震悸，于是有水火之孽，有群小^⑦之愠^⑧，劳苦变动，而后能光明，古之人皆然。斯道辽阔诞漫^⑨，虽圣人不能以是必信，是故中而疑也。以足下读古人书，为文章，善小学^⑩，其为多能若是，而进^⑪不能出群士之上，以取显贵者，无他故焉。京城人多言足下家有积货，士之好廉名者，皆畏忌，不敢道足下之善，独自得之，心蓄之，衔忍而不出诸口，以公道之难明，而世之多嫌也。一出口，则嗤嗤者以为得重赂^⑫。仆自贞元十五年见足下之文章，蓄之者盖六七年未尝言。是仆私一身而负公道久矣，非特负足下也。及为御史尚书郎[13]，自以幸为天子近臣，得奋其舌，思以发明天下之郁塞。然时称道于行列，犹有顾视而窃笑者，仆良恨修己之不亮[14]，素誉[15]之不立，而为世嫌之所加，常与孟几道[16]言而痛之。乃今幸为天火之所涤荡，凡众之疑虑，举为灰埃。黔其庐[17]，赭其垣[18]，以示其无有，而足下之才能乃可显白而不污。其实出矣[19]，是祝融、回禄[20]之相[21]吾子也。则仆与几道十年之相知，不若兹火一夕之为足下誉也。宥而彰之，使夫蓄于心者，咸得开其喙，发策决科者，授子而不栗，虽欲如向之蓄缩受侮，其可得乎？于兹吾有望乎尔![22]是以终乃大喜也。古者列国有灾，同位者[23]皆相吊；许不吊灾，君子恶之。[24]今吾之所陈若是，有以异乎古，故将吊而更以贺也。颜、曾之养，其为乐也大矣，又何阙焉[25]？

　　足下前要仆文章古书，极不忘，候得数十篇乃并往耳。吴二十一武陵[26]来，言足下为《醉赋》及《对问》，大善，可寄一本。仆近亦好作文，与在京城时颇异。思与足下辈言之，桎梏[27]甚固，未可得也。因人南来，致书访死生[28]。不悉。宗元白。

【注释】

①王参元：濮阳（今属河南）人，元和二年（807）中进士第。

②杨八：杨敬之，字茂孝，排行八，故称杨八。其是作者的亲戚，也是王参元的好友。

③吊：对遭遇不幸者加以慰问。

④脂膏滫瀡（xiǔ suǐ）之具：泛指日常烹调用具、生活用品。脂膏，油脂。滫瀡，古时调和食物的一种方法，用植物淀粉拌和食物，使柔软滑爽。

⑤不给：供应不上。

⑥盈虚倚伏：盛衰福祸都是相互依存可以转化的。语出《老子》："祸兮福之所倚，福兮祸之所伏。"盈，满。虚，空。

⑦群小：小人们。

⑧愠（yùn）：怒，怨恨。

⑨辽阔诞漫：意为让人感觉虚空旷远不着边际。

⑩小学：文字学。

⑪进：进取。此指做官。

⑫"则嗤嗤"句：意为那些嘲笑者会以为称赞你的文章的人是得了你的丰厚贿赂。

⑬御史尚书郎：作者于德宗贞元十九年（803）被调

任监察御史里行，永贞元年（805）王叔文主持革新时，他被提拔为尚书礼部员外郎。

⑭修己之不亮：化用《孟子·告子下》"君子不亮，恶乎执"的句意，意为自我修养不够，不能取信于人。

⑮素誉：平素的声誉。

⑯孟几道：孟简，字几道，官户部侍郎、御史中丞。

⑰黔其庐：房子被烧成焦黑色。黔，黑色。

⑱赭其垣：墙壁被烧成赤红色。

⑲其实出矣：指王参元的真实才能方可显示出来。

⑳祝融、回禄：都是古代传说中的火神。

㉑相（xiàng）：帮助。

㉒"宥而彰之"八句：大意为王参元原来被财富所牵累，现在解脱了，可以彰显才华了。原先有话藏在心里的人，也都可以放心开口赞扬了。主持官吏考试的官员，也可以授官而没有顾虑了。即使想像以前那样缩手缩脚也不可能，从此我也可以对你抱有希望了。

㉓同位者：指各国国君。

㉔"许不吊灾"二句：典出《左传·昭公十八年》，各国相继发生火灾，但是"陈不救火，许不吊灾，君子是以知陈、许之先亡也"。这里引用此典，意思是对人家的灾难不予慰问，按理说是要被君子厌恶的。

㉕"颜、曾之养"三句：意为像古代颜回、曾参那

样，贫困自养，却不改其乐，又有什么缺失呢？

㉖吴二十一武陵：吴武陵，元和二年（807）进士，拜翰林学士。次年，因得罪权贵李吉甫，被流放永州。

㉗桎梏：这里指受约束。

㉘访死生：问安。

【赏读】

这篇书信是柳宗元被贬柳州期间得知友人王参元家失火所写，情感上一反常理，匠心独运，隐含着对友人的关怀与欣赏。立意上又一如往常，借事说理，折射并讽刺社会现实。全文曲折抑扬，淋漓酣畅，颇有意蕴。

"贺"与"失火"并存，显然作者在题目之中以不合常理的矛盾埋下伏笔，引人入胜。而后在文章中围绕"贺"字展开前因后果，诠释了题目的"无理而妙"，揭示文章主旨。整篇文章以作者得知消息后的情绪变化为线索——"始闻而骇，中而疑，终乃大喜。"作者先阐明自己感到惊骇的原因：王参元"足下勤奉养，宁朝夕，唯恬安无事是望也"，这样一个勤恳老实、淡泊处世的人却家遭大火，因此作者得知的第一时间里感到震惊。但这种震惊却是短暂的，很快柳宗元想到了老子"盈虚无常，福祸相依"朴素的辩证思想，本该借古人的观点劝勉朋友，但他却保持着清醒的头脑对这一说法提出质疑。

这种质疑并非对老庄思想的否定。柳宗元十分重视诸子百家文章和思想，力求从中汲取营养，曾在文章中表示"参之《庄》《老》以肆其端"。柳宗元想到当时自己的境地和友人不公的遭遇，难以再相信祸福的转化，他的怀疑来自对社会黑暗现实的抨击和对人间正道的拷问。由"骇"到"疑"的情绪转化的背后，是柳宗元对当下社会更加深刻的思考和否定。

无论是初听失火的"骇"，还是进一步思考后产生的"疑"，都是在为下文"大喜"的议论做铺垫。友人家失火，但柳宗元只用寥寥数笔带过，重心放在对王参元仕途遭遇的叙述上。王参元有才能却因没有权势可以依附而不受重用。"以公道之难明，而世之多嫌也"，一句话写尽官场的黑暗与世态的炎凉。作者在自己和友人的人生遭遇中，对这样一个公道不存的现实有了清醒的认识后，将希望深深寄寓到这场看似悲剧的大火身上。大火烧尽了王参元的家宅的同时，也粉碎了黑暗社会中对王参元的诋毁和谣言。因此，他感到大喜而向友人祝贺。一场火的说服力抵得过友人数十年的学识和为人，这种祝贺实际上是借失火一事展开对黑暗现实社会的嘲讽。文末作者借颜回和曾参"安贫乐道"的精神对友人进行劝勉，也表明自己的精神追求。

作者此文或是受到"叔向贺贫"的启发。据《国语》记载，晋国大夫叔向闻宣子忧贫，遂贺之。宣子不解，叔向举了晋国历史上栾武子、郤昭子等人为例，来说明贫穷不可怕，富而无德才是最可怕的。栾武子家里穷得连祭器都准备不周全，却美名远播，众人都来归附。郤昭子家财有晋国公室的一半，却终被诛灭。然作者别出新意，将感情和说理融合在一起，层层转进。清人林云铭就说："是书以闻失火，改吊为贺，立论固奇。纵横转换，抑扬尽致，令罹祸者破涕为笑，则其奇处耳。"（《古文析义》）然也。

答韦中立^①论师道书

二十一日，宗元白：辱书^②云欲相师，仆道不笃，业甚浅近，环顾其中^③，未见可师者。虽常好言论，为文章，甚不自是也。不意吾子自京师来蛮夷间，乃幸见取^④。仆自卜^⑤固无取，假令有取，亦不敢为人师。为众人师且不敢，况敢为吾子师乎？

孟子称"人之患在好为人师"。^⑥由魏、晋氏以下，人益不事师。今之世，不闻有师，有辄哗笑之，以为狂人。独韩愈奋不顾流俗，犯笑侮，收召后学，作《师说》，因抗颜而为师。世果群怪聚骂，指目牵引^⑦，而增与为言辞。愈以是得狂名，居长安，炊不暇熟，又挈挈而东，^⑧如是者数矣。屈子赋曰："邑犬群吠，吠所怪也。"^⑨仆往闻庸^⑩蜀之南，恒雨少日，日出则犬吠，余以为过言。前六七年，仆来南，二年冬，幸大雪，逾岭被南越中数州，数州之犬，皆苍黄^⑪吠噬狂走者累日，至无雪乃已，然后始信前所闻者。今韩愈既自以为蜀之日，而吾子又欲使吾为越之雪，不以病^⑫

乎？非独见病，亦以病吾子。然雪与日岂有过哉？顾吠者犬耳。度今天下不吠者几人，而谁敢炫怪[13]于群目，以召闹取怒乎？

仆自谪过以来，益少志虑。居南中九年，增脚气病，渐不喜闹，岂可使呶呶[14]者早暮咈[15]吾耳，骚[16]吾心？则固僵仆[17]烦愦[18]，愈不可过矣。平居望外[19]，遭齿舌不少，独欠为人师耳。

抑又闻之，古者重冠礼[20]，将以责成人之道，是圣人所尤用心者也。数百年来，人不复行。近有孙昌胤者，独发愤行之。既成礼，明日造朝[21]至外庭，荐笏[22]言于卿士曰："某子[23]冠毕。"应之者咸怃然[24]。京兆尹郑叔则怫然[25]曳笏却[26]立，曰："何预[27]我耶？"廷中皆大笑。天下不以非郑尹而快孙子，何哉？独为所不为也。今之命师者大类此。

吾子行厚而辞深[28]，凡所作，皆恢恢然[29]有古人形貌，虽仆敢为师，亦何所增加也？假而以仆年先吾子，闻道著书之日不后，诚欲往来言所闻，则仆固愿悉陈中所得者。吾子苟自择之，取某事去某事，则可矣。若定是非以教吾子，仆材不足，而又畏前所陈者[30]，其为不敢也决矣。吾子前所欲见吾文，既悉以陈之，非以耀明于子，聊欲以观子气色，诚好恶何如也。[31]今书来，言者皆大过[32]。吾子诚非佞誉诬谀之徒，直见爱甚故然耳。

始吾幼且少，为文章，以辞为工㉝。及长，乃知文者以明道，是固不苟为炳炳烺烺㉞，务采色、夸声音而以为能也。凡吾所陈，皆自谓近道，而不知道之果近乎？远乎？吾子好道而可㉟吾文，或者其于道不远矣。故吾每为文章，未尝敢以轻心掉之，惧其剽而不留㊱也；未尝敢以怠心易之，惧其弛而不严㊲也；未尝敢以昏气出之，惧其昧没而杂也；未尝敢以矜气㊳作之，惧其偃蹇而骄㊴也。抑之欲其奥，扬之欲其明，疏之欲其通，廉之欲其节，激而发之欲其清，固而存之欲其重，此吾所以羽翼㊵夫道也。本之《书》以求其质㊶，本之《诗》以求其恒㊷，本之《礼》以求其宜，本之《春秋》以求其断㊸，本之《易》以求其动㊹，此吾所以取道之原也。参之穀梁氏㊺以厉㊻其气，参之《孟》《荀》以畅其支㊼，参之《庄》《老》以肆其端㊽，参之《国语》以博其趣㊾，参之《离骚》以致其幽㊿，参之太史公㉛以著其洁㉜，此吾所以旁推交通㉝而以为之文也。凡若此者，果是耶，非耶？有取乎，抑其无取乎？吾子幸观焉择焉，有余㉞以告焉。苟亟来以广是道，子不有得焉，则我得矣，又何以师云尔哉？㉟取其实而去其名，无招越、蜀吠怪，而为外廷所笑，则幸矣！宗元白。

【注释】

①韦中立：永州刺史韦彪之孙，元和十四年（819）进士。此前曾从京师来永州向作者求教，元和八年（813），又写信请求拜作者为师。

②辱书：字面意思是辱没您给我写信，是对别人来信表示自谦的说法。

③环顾其中：意为衡量自己的各个方面。

④乃幸见取：竟然有幸被您认为有可取之处。

⑤卜：料，估料。

⑥"孟子称"句：语见《孟子·离娄上》。

⑦指目牵引：互递眼色，指指点点。

⑧"炊不暇熟"二句：等不及饭熟就匆匆东行。挈（qiè）挈，匆忙的样子。《孟子·万章下》："孔子之去齐，接淅而行。"说孔子当年离开齐国时，本来已经淘好了米准备做饭，匆忙要走，就一边手捧着淘湿的米一边赶路离开。这里暗用此典，形容韩愈被贬、匆匆东行的窘况，类似当年的孔子。

⑨"屈子赋曰"三句：指屈原《九章·抽思》中的句子，原文是"邑犬之群吠兮，吠所怪也"。意为满城的狗因为见了没见过的东西，全都叫起来。

⑩庸：古国名，在今湖北竹山县一带。

⑪苍黄：即仓皇，惊慌的样子。

⑫病：为难。

⑬炫怪：炫耀怪异行为。

⑭呶（náo）呶：喧哗吵闹。

⑮咈（fú）：聒噪，吵闹。引申为吵扰。

⑯骚：扰乱。

⑰僵仆：僵硬地倒下。此处指躯干活动不灵活。

⑱烦愦：心烦意乱。

⑲望外：意外。

⑳冠礼：古代男子二十岁举行的加冠之礼，表示其成人。

㉑造朝：上朝。

㉒荐笏（hù）：把笏插在衣带上。笏，也叫手板，古代臣子朝见君王时所执的狭长板子，用玉、象牙、竹木制成。

㉓某子：犹言"我的儿子"。

㉔忤（wǔ）然：惊讶、莫名其妙的样子。

㉕怫（fú）然：愤怒的样子。

㉖却：后退。

㉗预：关涉，相干。

㉘行厚而辞深：品行敦厚而文辞蕴藉。

㉙恢恢然：宏阔壮大的样子。

㉚前所陈者：前面所说的那些让我不敢为师的种种原因。

㉛"非以"三句：意为不是以此来向你炫耀什么，而是姑且从您的脸色表情来了解您的好恶究竟如何。

㉜大过：太过奖。

㉝以辞为工：追求文辞的精美。

㉞炳炳烺（lǎng）烺：文章词句华美、文采鲜明的样子。

㉟可：认可，赞许。

㊱剽而不留：浅薄而不沉稳。

㊲弛而不严：松弛而不严密。

㊳矜气：傲气。

㊴偃蹇而骄：傲慢而骄纵。

㊵羽翼：辅助。

㊶质：质朴。

㊷恒：常。指常理、常情。

㊸断：判断。此指《春秋》中的褒贬精神。

㊹动：运动，变化。

㊺穀梁氏：指《春秋穀梁传》。孔子作《春秋》后，有各家学者进行阐释，穀梁氏就是其中之一。

㊻厉：振奋。

㊼畅其支：使文章条理畅达。

㊽肆其端：使文思放纵奔涌。端，开端。这里指文章的构思、思绪。

㊾博其趣：丰富文章的趣味。

㊿致其幽：使文章达到幽深的境界。

51太史公：指《史记》。其作者司马迁任太史令，在书中自称"太史公"。

52著其洁：彰显文辞的简洁。

53旁推交通：参照推演，融会贯通。

54余：余暇，空闲。

55"苟亟"四句：意为如果能经常得到您的高见而使上述为文之道得以扩展，你我都有收获，又何必说什么"师"呢？

【赏读】

柳宗元是唐代古文运动的领袖，文章造诣极高，韩愈曾称赞他："俊杰廉悍，议论证据今古，出入经史百子，踔厉风发，率常屈其座人。"所以有许多后辈向柳宗元请教为文之道，本文就是韦中立向柳宗元请教文论思想，柳宗元给其的回信。

此书可以算是柳宗元文论的代表作，主要论述了他对师道和为文两大问题的看法。就师道来说，全篇用大量的笔墨表明了柳宗元不为师的态度。一方面，自谦自己能力不行，而褒扬韦中立的人品和文风，表明自己不够资格做韦中立的老师。另一方面，引入孟子的话"人之患在好为人师"，用韩愈为师遭人诋毁以及孙昌胤的儿子行冠礼被人嘲笑的例子来说明社会不重师道的风气，进而阐释自己不敢为师的原因。

难道柳宗元真的不想为人师吗？并不是，他只是怕师之名，怕世俗之累。因为此时的柳宗元被贬永州，身心俱疲，受够了世人的非议，所以不想有师之名，徒增烦恼。林云铭评此文时就指出柳宗元的辛酸与愤慨："其前段雪、日、冠礼诸喻，把末世轻薄恶态，尽底描写。嬉笑怒骂，兼而有之。想其落笔时，因平日横遭齿舌，有许多愤感不平之气，故不禁淋漓醋态乃尔。"正是因为世人不尊师道的态度和自己被贬的遭遇，所以柳宗元一直想避开是师之名，这一点从文末"取其实而去其名，无招越、蜀吠怪，而为外廷所笑，则幸矣"也可以看出。表达出了作者对浮薄世风、轻师鄙道的愤懑，也隐含着对肯定师道观的韩愈的同情和理解。但是他还是乐而为师的，正因为如此，他才会在下文将自己的为文之道教于韦中立。

柳宗元对为文之道的论述虽然只有一段，却十分详尽。宋人黄震在《黄氏日钞》中就指出"此书后段说为文之法极详"。沈德潜则认为："前论师道，犹作谐谑语，后示为文根柢，倾囊倒囷而出之，辞师之名，示师之实，在中立自得之耳，较昌黎论文尤为本末俱到。"

对于为文之道，柳宗元依个人的经验，从少年时的"以辞为工"，到成年后的"文者以明道"，表明了后者才是为文的目的，而非"为炳炳烺烺，务采色、夸声音"。这也是他在古文运动中一贯提倡的一大观点。同时，他强调了作文的态度和作文的方法，这里的论述并不是泛泛而谈的，而是具体阐述了各种写作态度所会导致的后果以及学习各种写作方法所要达到的目的。他认为写好文章就要聚精会神、删繁就简，还要遍览群书、博采众长，以《书》《诗》《礼》《易》和《春秋》为本，以《穀梁传》《孟子》《荀子》《庄子》《老子》《国语》《离骚》和《太史公》以参，充分吸收古人的创作经验。这里柳宗元不仅指明了学习的方向，而且还简要概括出了每部书所要学习的风格特点，则可达"精裁密致，璨若珠贝"之效。

从全书来看，柳宗元虽然表面上避师名，实际上却行师道，非常乐意帮助后辈，这一点并不亚于韩愈。正如林云铭所说："虽不为师而为师过半矣。"而且，柳宗元在书中所分享的为文心得在当今仍具有借鉴意义。

报崔黯^①秀才论为文书

　　崔生足下：辱书及文章，辞意良高，所向慕不凡近，^②诚有意乎圣人之言。然圣人之言，期以明道，学者务求诸道而遗其辞^③。辞之传于世者，必由于书^④。道假辞而明，辞假书而传，要之，之^⑤道而已耳。道之及，及乎物而已耳，斯取道之内者也。^⑥今世因贵辞而矜^⑦书，粉泽^⑧以为工，遒密^⑨以为能，不亦外^⑩乎？吾子之所言道，匪辞而书^⑪，其所望于仆，亦匪辞而书，是不亦去及物之道愈以远乎？仆尝学圣人之道，身虽穷^⑫，志求之不已，庶几^⑬可以语于古^⑭。恨与吾子不同州部，闭口无所发明^⑮。观吾子文章，自秀士^⑯可通圣人之说。今吾子求于道也外，而望于余也愈外，是其可惜欤！吾且不言，是负吾子数千里不弃朽废者之意，故复云尔也^⑰。

　　凡人好辞工书，皆病癖也。吾不幸早得二病。学道以来，日思砭针攻熨^⑱，卒不能去，缠结心腑牢甚，愿斯须^⑲忘之而不克，窃尝自毒^⑳。今吾子乃始钦钦思易吾病㉑，不亦惑乎？斯固有潜块积瘕㉒，中子之内藏㉓，恬而不悟，可怜哉！其卒与我何异？均之二病㉔，书字益下，而子之意又益下，则子之病又益笃，甚矣，子癖于伎㉕也。

吾尝见病心腹人，有思啖土炭、嗜酸碱者，不得则大戚。其亲爱之者不忍其戚，因探㉖而与之。观吾子之意，亦已戚矣。吾虽未得亲爱吾子，然亦重来意之勤㉗，有不忍矣。诚欲分吾土炭酸咸，吾不敢爱㉘，但远言其证㉙不可也，俟面乃悉陈吾状。未相见，且试求良医为方已之。苟能已，大善，则及物之道，专而易通。若积结既定，医无所能已，幸期相见时，吾决分子其啖嗜者㉚。不具。宗元白。

【注释】

①崔黯：字直卿，卫州（今河南卫辉一带）人。文宗大和二年（828）进士，官至谏议大夫。

②"辞意"二句：文辞意境确实很高明，所向往钦慕的都不平凡不浅薄。

③求诸道而遗其辞：追求其中的"道"，而忽略其辞采。

④书：文字，书写。

⑤之：往，达到。

⑥"道之及"三句：意为"道"之所及，就是要触及社会实际，这样才是得到"道"的内核实质。

⑦矜：崇尚，注重。

⑧粉泽：在文辞上刻意修饰润色。

⑨道密：在书法上追求雄健缜密。

⑩外：与上文"道之内"相对，指外在的、表面的。

⑪匪辞而书：不是文辞就是书法。

⑫身虽穷：处境虽然困厄。

⑬庶几：但愿，或许。

⑭语于古：在古人面前说话。

⑮闭口无所发明：意为无法面对面开口交谈阐明道理。

⑯秀士：才华出众之人。

⑰"吾且不言"三句：意为如果我不说话，就是辜负了您不远千里不嫌弃我这个腐朽无用之人的好意，所以还是给您回复。

⑱砭针攻熨（wèi）：针灸热敷，中医的治疗方法，这里比喻克服改正。

⑲斯须：须臾，片刻。

⑳窃尝自毒：私下里常常怨恨自己。

㉑钦钦思易吾病：念念不忘地想把我的毛病转移到您的身上。

㉒潜块积瘕（jiǎ）：人体内暗生的结块。

㉓中子之内藏（zàng）：在您的内脏中。

㉔均之二病：意为权衡"好辞"与"工书"这两种毛病。

㉕伎：技艺，形式技巧。

㉖探：探求，寻找。

㉗来意之勤：来信之意的殷切。

㉘爱：吝惜。

㉙证：通"症"。

㉚决分子其啖嗜者：一定和您分享您所爱吃的那些东西。

【赏读】

这是柳宗元在永州时写给崔黯的回信。信中深刻而系统地论述"辞""书""道""物"之间的关系，批判了当时不重"及物之道"的浮华文风，以及"粉泽以为工"的错误方向，指出只有去掉"好辞工书"的弊病，才能使"及物之道，专而易通"，弘扬"及物之道"。巧用比喻，逻辑严密，文质兼美，明人蒋之翘就不禁褒赞本文"亦辨而俊"。

文中的这些观点，较《答韦中立论师道书》一文有进一步发展。《答韦中立论师道书》只谈到"文以明道"，这个"道"不外乎儒家明经之道，而本文还强调"及物之道"，不仅扩大了"道"的内涵，而且更符合文学本身的发展规律及其价值。

文章针对性很强，虽是就崔黯来信提及的观点做出的回应，但实际上却是针对当时人们"贵辞而矜书"的普遍认识和风气进行了辩驳和批评。作者首先借阐明"书""辞""道"之间的关系来辨明文学的价值，非常明确地指出文学的价值是"道"。古往今来，立言者不在于"言"的本身，而在于"明道"，"辞"是申明"道"的工具，只有借助文辞才能阐明"道"。至于"书"，则是传播的工具，是为了更好地流传"道"而已。作者深刻意识到今天的人多是"贵辞而矜书，粉泽以为工，遒密以为能"，因为重文辞、重书法，追求字的好看和刚劲紧凑，这完全就是"去及物之道愈以远"，距离文学的本源就更远了。这显示了柳宗元对为文之道的超识灼见和深刻的洞察力。

纵观全文，在论证过程中，为说明"好辞工书"成癖的危害，柳宗元采用例证法和类比法，使得观点的陈述更加形象，也更加有说服力。他先从自己的切身体会和感受谈起。自己也不是一开始就意识到"好辞工书"是一条错误的道路，而是同大家一样"早得二病"，且至今还在矫正而未能痊愈。此话并非虚言。作者是喜好书法的，而且对书法很有研究。《唐宋文醇》中就说："宗元善书，今'龙城柳'石刻犹存。"他在《与吕恭论墓中石书书》中也坦言"家所蓄晋、魏时尺牍甚具"，且"遍观长安贵人好事者所蓄，殆无遗焉"，显然是个很投入的书法爱好者。不仅如此，还能"望而识其时"，看了书法就能知道其产生的年代，这就几乎是个颇有研究、很具功力的书法研究专家了。正因为如此，柳宗元说不能太沉迷于书写的本身，这就很有说服力。即便与崔黯并非熟识，也希望对方不要重蹈覆辙。直陈其弊，晓之以理，又动之以情。

此外，作者还用类比之法来表明自己的殷切之情，让对方要对症下药以改其病。"病心腹人"思吃土炭，嗜爱酸咸，不得则悲伤不已的事例就与崔黯"潜块积瘕""恬而不悟"如出一辙，劝诫崔黯觉悟，形象深刻又不乏辣味，文章挥洒自如，其情恳切自然，溢于笔端。

"才冠鸿笔，多疏尺牍，譬九方堙之识骏足，而不知毛色牝牡也。"柳宗元用书体（即尺牍），把为文之道写得如此切中肯綮，确实是文坛的九方堙，且"集中言书道者，惟与黯一书，故此书最足珍重，至书辞之跳脱及坦白，饶有风趣，犹其余也"。

复杜温夫^①书

二十五日，宗元白：两月来，三辱生^②书，书皆逾千言，意若相望^③仆以不对答引誉^④者。然仆诚过也。而生与吾文又十卷，噫！亦多矣。文多而书频，吾不对答引誉，宜可自反^⑤。而来征^⑥不肯相见，亟^⑦拜亟问，其得终无辞乎？

凡生十卷之文，吾已略观之矣。吾性骏滞^⑧，多所未甚谕^⑨，安敢悬断^⑩是且非耶？书抵吾必曰周、孔^⑪，周、孔安可当也？拟人必于其伦^⑫，生以直躬^⑬见抵，宜无所谀道，而不幸乃曰周、孔，吾岂得无骇怪？且疑生悖乱浮诞^⑭，无所取幅尺^⑮，以故愈不对答。来柳州，见一刺史，即周、孔之；今而去我，道连而谒于潮^⑯，之二邦，又得二周、孔；去之京师，京师显人^⑰为文词、立声名以千数，又宜得周、孔千百，何吾生胸中扰扰^⑱焉多周、孔哉！

吾虽少为文，不能自雕斫^⑲，引笔行墨，快意累累^⑳，意尽便止，亦何所师法？立言状物，未尝求过人，亦不能明辨生之才致㉑。但见生用助字㉒，不当律令㉓，唯以此奉答。所谓乎、欤、耶、哉、夫者，疑辞也；矣、耳、焉、也者，决辞㉔也。今生则一之㉕。宜考前闻人㉖所使用，与吾言类且异㉗，慎思之则一益也。庚桑子言藿蠋鹄卵者，吾取焉。㉘道连而谒于潮，其卒可化㉙乎？然世之求知音者，一遇其人，或为十数文，即务往京师，急日月，犯风雨，走谒门户，以冀苟得㉚。今生年非甚少，而自荆来柳㉛，自柳将道连而谒于潮，途远而深㉜矣，则其志果有异乎？又状貌巍然类丈夫㉝，视端形直，心无歧径，其质气诚可也，独要谨充之㉞尔。谨充之，则非吾独能，生勿怨。亟之二邦㉟以取法，时思吾言，非固拒生者。孟子曰："余不屑之教诲也者，是亦教诲而已矣。"㊱宗元白。

【注释】

①杜温夫：不详其人。

②生：对对方的称呼。

③望：埋怨，责怪。

④对答引誉：回复并赞誉。

⑤自反：反躬自省。

⑥征：征询。

⑦亟：急切。

⑧骙（ái）滞：愚笨，迟钝。

⑨谕：明白，领会。

⑩悬断：凭空臆断。

⑪周、孔：指周公、孔子。古人心目中的圣人。

⑫拟（nǐ）人必于其伦：比拟人一定要符合其类。意为自己与周公、孔子不能比，对方的比拟不恰当。

⑬直躬：以正直之道立身。

⑭悖乱浮诞：背理惑乱，轻浮荒诞。

⑮无所取幅尺：意为没有分寸。

⑯道连而谒于潮：意为路过连州要拜见刘禹锡，到了潮州又要拜见韩愈。当时刘禹锡被贬为连州刺史，韩愈被贬为潮州刺史。连州、潮州均在今广东。

⑰显人：显达、著名的人。

⑱扰扰：纷繁杂乱的样子。

⑲雕斫：比喻雕琢字句、修饰文辞。

⑳累累：连续不断的样子。

㉑才致：才情。

㉒助字：虚字。

㉓不当律令：不符合语法规则。

㉔决辞：表示肯定的语气助词。

㉕一之：意为不加区分，混淆一起。

㉖闻人：名人。

㉗与吾言类且异：与自己的言辞使用是类同还是相异。

㉘"庚桑子"二句：用《庄子·庚桑楚》中的典故。庚桑楚是老子的弟子，他有个弟子无法理解他的学说，他对这位弟子说："奔蜂不能化藿蠋（huò zhú），越鸡不能伏鹄卵，鲁鸡固能矣……今吾才小，不足以化子。子胡不南见老子！"作者说，庚桑楚这话的意思，我采取了。言外之意是说，我才能有限，指导不了你。藿蠋，生长在豆类植物上的大青虫。鹄，天鹅。

㉙化：变化，教化。

㉚以冀苟得：希望以此就能轻易得到知音。

㉛自荆来柳：从荆州来到柳州。

㉜深：艰险，险要。

㉝状貌巍（yí）然类丈夫：形貌高大屹立像个大丈夫。

㉞谨充之：使之严谨充实。

㉟二邦：指连州与潮州。

㊱"孟子曰"三句：见《孟子·告子下》："予不屑之教诲也者，是亦教诲之而已矣。"文字略有不同。

【赏读】

柳宗元虽然直言自己"不敢为人师"，但他与青年学子交往密切，写有许多的书信文章。他热心施教，从为人、为学、为文鼓励那些有志青年，且皆"取其实而去其名"，使得柳州的文化风气大为开放。韩愈就说："衡湘以南为进士者，皆以子厚为师。其经承子厚口讲指画为文词者，悉有法度可观。"（《柳子厚墓志铭》）

对后学，子厚书信多为谦逊，但本文对杜温夫不求实的态度给予了严厉批评，言辞犀利，并不常见。此文作于元和十四年（819），柳宗元在柳州刺史任上。杜温夫自荆州来到柳州，向柳宗元求学，又将赴连州、潮州，分别求教于刘禹锡和韩愈。他热衷于文，急于求教，两个月之内，向柳宗元连投三封书信，书皆逾千言，并寄文十卷。但柳宗元始终没有予以回复，这不符合柳宗元的性格。平日里其在回复后生求知问难时，本十分殷勤关照，即便是到了柳州，公务繁忙，也不至两三个月不回信。究竟是什么原因呢？

第二段的文字可初见端倪。作者说"书抵吾必曰周、孔"，对杜温夫将自己比作周公和孔子，自己感到极为"骇怪"。如果说刚开始，还是觉得这只是作者谦逊的表达的话，接下去，就会发现，这其实就是作者对杜温夫不当作比、阿谀奉承的一种批评。作者接连推理，"来柳州，见一刺史，即周、孔之""道连而谒于潮，之二邦，又得二周、孔""去之京师……又宜得周、孔千百，何吾生胸中扰扰焉多周、孔哉"！到处都是周公、孔子，这就明显违背常理了，除了是杜温夫的吹捧和奉承外，别无他解。作者的语言表面看来，平和幽默，但反问当中，隐藏着尖锐的讥讽。平和的背后，透露出逼人的冷峻。柳公一向强调先为人后为文，这或是其未及时回复的原因之一。

当然，从中亦可看出柳宗元不矫情、不造作的性格特点，这样的直率性格，到了后面表现得更为突出。

作者前面说自己对杜温夫所寄十卷之文"已略观之矣"，但实际上，他是看得比较细致的。他毫不客气地批评杜温夫混淆了助词的用法，"所谓乎、欤、耶、哉、夫者，疑辞也；矣、耳、焉、也者，决辞也。今生则一之"。对方连最基本的为文之法都未掌握，表达疑问语气的词和表达肯定语气的词全都混为一体，这就是为学基本功极不扎实的原因了。现在动辄投文十卷，急于求进，未免不切实际。当然，柳宗元也不是一味地打压和批评对方，在指出其错误后，希望他脚踏实地，读古人书，认真思考，细心辨析，纠正错误，在信的末尾一再嘱咐他"谨充之"，增加学识修养，勿眼高手低、汲汲于名利。"谨充之，则非吾独能，生勿怨。亟之二邦以取法，时思吾言，非固拒生者。"柳宗元由刚刚的言辞激烈转为温和亲切，感情真挚，饱含对杜温夫的关切。信的末尾，引孟子"余不屑之教诲也者，是亦教诲而已矣。"借孟子之话，表明自己的态度，强化文章的主题。

柳宗元设身处地对杜温夫进行教导劝告，一针见血地指出其不足，真诚地鼓励他在文学的道路上前进，也正是因为柳宗元这样恳切坦诚的态度，才赢得了当时许多年轻学子的敬仰和追随。

送薛存义^①序

河东薛存义将行，柳子载肉于俎，崇酒^②于觞。追而送之江之浒，饮食之，且告曰："凡吏于土^③者，若知其职乎？盖民之役，非以役民而已也。^④凡民之食于土^⑤者，出其十一佣乎吏，使司平于我也。^⑥今受其直怠其事^⑦者，天下皆然。岂惟^⑧怠之，又从而盗之^⑨。向使佣一夫于家，受若直，怠若事，又盗若货器，则必甚怒而黜罚^⑩之矣。以今天下多类此，而民莫敢肆其怒与黜罚者，何哉？势不同也。势不同而理同，如吾民何？有达于理者，得不恐而畏乎？"

存义假令^⑪零陵二年矣，早作而夜思，勤力而劳心，讼者平，赋者均，老弱无怀诈暴憎^⑫。其为不虚取直也的^⑬矣，其知恐而畏也审矣。

吾贱且辱，不得与^⑭考绩幽明^⑮之说；于其往也，故赏以酒肉而重之以辞。

【注释】

①薛存义：河东（今山西永济西）人，在永州零陵县（今属湖南永州）代理县令，此时即将离任。

②崇酒：斟满酒。

③吏于土：担任地方官。

④"盖民"二句：意为作为地方官，应该是民众的仆役，而不能以官位来奴役民众。

⑤食于土：靠耕地谋生。

⑥"出其"二句：意为民众缴纳其收入的十分之一作为赋税来雇佣官吏，让官吏为自己主持公道。司，掌管，主持。

⑦受其直怠其事：收受了他们付出的钱款却怠慢了他们托付的事情。直，通"值"，依价所付出的钱款。

⑧岂惟：何止。

⑨从而盗之：还发展为掠夺他们。

⑩黜（chù）罚：驱逐并处罚。

⑪假令：代理县令。

⑫"老弱"句：即使对老弱者也不心怀狡诈、凶暴、憎恶。

⑬的（dí）：的确，真切。

⑭与（yù）：参与。

⑮考绩幽明：考察官员政绩，根据其政绩好坏决定其提拔还是降级。语出《书·舜典》："三载考绩，三考黜陟幽明。"幽，幽暗，比喻不善者。明，光明，比喻贤良者。

【赏读】

薛存义是柳宗元的山西老乡，又同在永州为官。当他调任时，正被贬谪的柳宗元带上酒肉追至江边为其送行并写下了这篇赠序，真所谓"生地同而仕同方也""故送行之语，前规后颂，分外真切"。（林云铭《古文析义初编》）更为重要的是，作者在序中表达出的对官与民关系的理解，提出了"凡吏于土者……盖民之役，非以役民而已也"这样的"奇语至言"，这在今天看来，也还具有"知恐而畏也审矣"的警诫效果，更遑论一千多年前的唐代了。

官与民的关系为历代士人所讨论和研究。《尚书》就有了"民惟邦本"的记载，直至先秦孟子的民贵君轻，唐代名臣魏徵的"载舟覆舟"论，一直延续至清代。尽管如此，多数时代实际上还是从统治阶级的立场出发，延续"官尊民卑""官贵民贱"的实际做法。

其实，柳宗元早年在任监察御史里行的时候，就已经注意到以能否"利民"作为衡量一个官吏的好坏。在

《送宁国范明府诗序》中，他曾借范传真的话说："夫仕之为美，利乎人之谓也。"他认为做官就是做百姓的仆役，"役于人而食其力"。这种"官为民役"的思想发展到了这里，表现得更具体：当官者应当做到"讼者平，赋者均"。认为"出其十一佣乎吏，使司平于我也"：官员是百姓雇佣来为百姓主持正义公平的，而不是历来所宣传的那样，纳税是奉养君王、官吏的天然义务。这些思想，在当时是石破天惊的认识了，不但动摇了封建剥削纳税的合理性，对君民关系、吏民关系也是一种大胆的质疑。但是，在封建社会里，官吏是地主阶级的政治代表。即使是柳宗元心目中的"好官"，在当时的法律和赋税制度面前，他们都不可能成为人民的仆役。所以，柳公在提出其中心论点之后并未停留，他从现实出发，紧扣百姓与官吏的上下关系，列出了官吏们一贯的做派——"怠其事者，天下皆然"，不仅办事怠慢、不认真，还"从而盗之"，敲诈勒索、巧取豪夺老百姓的钱财。

不仅如此，他还将之同雇佣与受雇佣的主仆关系进行类比，生动而尖锐地揭露了这样一种极度不合理的官场作风。但是，天下情势都这样腐败了，百姓还是"莫敢肆其怒与黜罚"，柳公发出了一声厚重的感慨——"势不同也"。

　　柳宗元的这种感慨表现出了他对百姓疾苦的理解和对官场污浊风气的深刻洞察，但理解之后也是无可奈何，只能以"势不同也"作答——官与民的关系和主与仆的关系不一样。主对仆可以"怒而黜罚之"，而官吏利用自己的权势压榨百姓，在一定历史条件下形成了某种情势，民对官连"肆其怒"都不敢，且这已成为"天下多类此"的普遍现象了。

　　只是，面对此"势"，柳公并没有一味消极，而是直面问题，高屋建瓴，喊出"势不同而理同"的响亮口号。整个社会历史是一个自然发展的过程，它有着自己固有的不以人们的主观意志为转移的客观道理。"势可变而理不可违"，明白此理的官吏，应该如薛存义那样，"知恐而畏也审矣"，不仅思想上要有所觉悟，也要有所行动。

　　本文并非取材于架空的人物、虚构的事件，而是与柳宗元所处的社会现实有关。藩镇割据下的中唐，赋税繁苛，官吏腐残，民不聊生，社会矛盾日益尖锐。这也迫使他去思考官吏如何待民的问题。柳宗元认为，上述社会现象皆源自官吏的贪婪自私、乱政乱为。文章从送别开始，最后回到送别。这短短的二百多字，闪烁着夺目的民本思想的光辉，可被誉为柳宗元"明道"文学的代表之作。

送元十八山人^①南游序

　　太史公^②尝言，世之学孔氏^③者，则黜老子，学老子者，则黜孔氏，道不同不相为谋^④。余观老子，亦孔氏之异流也，不得以相抗，又况杨、墨、申、商^⑤，刑名^⑥、纵横^⑦之说，其迭相訾毁、抵捂而不合者，可胜言耶？然皆有以佐世。太史公没，其后有释氏^⑧，固学者之所怪骇舛逆其尤者也。

　　今有河南元生者，其人闳旷^⑨而质直，物无以挫其志；其为学恢博^⑩而贯统^⑪，数^⑫无以踬^⑬其道。悉取向之所以异者，通而同之，搜择融液，与道大适^⑭，咸伸其所长，而黜其奇邪^⑮，要之与孔子同道，皆有以会其趣，而其器^⑯足以守之，其气足以行之。不以是道求合于世，常有意乎古之"守雌"^⑰者。

　　及至是邦^⑱，以余道穷多忧，而尝好斯文，留三旬有六日，陈其大方，勤以为谕，余始得^⑲其为人。今又将去余而南，历营道^⑳，观九疑^㉑，下漓水^㉒，穷南越，以临大海，则吾未知其还也。黄鹄^㉓一去，青冥^㉔无极，安得不冯㉕丰隆㉖、愬㉗蜚廉㉘，以寄声于寥廓㉙耶！

【注释】

①元十八山人：一位姓元的隐士。十八，在兄弟中排行第十八。

②太史公：指司马迁。他曾任太史令，故称。以下所引司马迁的话，见《史记·老子韩非列传》，但文字略有出入。

③孔氏：孔子。

④道不同不相为谋：思想学说不同，彼此就无法协商，达成共识。语出《论语·卫灵公》。

⑤杨、墨、申、商：都是先秦时期的思想家。杨指杨朱，主张为我，重视个人本位；墨指墨翟，即墨子，主张兼爱；申指申不害，商指商鞅，都是法家，但具体主张也有差异。

⑥刑名：即"刑名之学"，是以申不害为代表的一种学说，主张循名责实，慎赏明罚。

⑦纵横：战国时期的两种政治外交主张。各国联合以共同抵抗秦国，叫"合纵"；投靠秦国以对付其他国家，叫"连横"。代表人物分别为苏秦、张仪。

⑧释氏：指佛教。因其为释迦牟尼所创，故称。

⑨闳（hóng）旷：宽宏豁达。

⑩恢博：恢弘博大，涉猎广泛。

⑪贯统：融会贯通。

⑫数：命数，命运。

⑬踬（zhì）：困扰，击倒。

⑭与道大适：与孔子之道极为相符。

⑮奇邪（xié）：诡诈邪僻，怪诞不正。

⑯器：才能，才干。

⑰守雌：指一种内刚而外柔的处世态度。典出《老子》："知其雄，守其雌，为天下谿。"

⑱是邦：这个地方。指作者所在的永州。

⑲得：知晓，了解。

⑳营道：地名，在今湖南道县。

㉑九疑：即九嶷山，在今湖南宁远县。

㉒漓水：即漓江，在今广西境内。

㉓黄鹄：鸟名。古人常用以比喻高才贤士。

㉔青冥：青天，天空。

㉕冯（píng）：凭借，依恃。

㉖丰隆：古代神话中的云神。这里指代云。

㉗愬（sù）：同"溯"，向着，迎着。

㉘蜚（fēi）廉：古代神话中的风神。这里指代风。

㉙寥廓：宇宙，天空。

【赏读】

这是时任永州司马的柳公写给一个元姓读书人的一篇赠序，因此人排行十八、未详其名且隐居山野，故以"元十八山人"称之。此元姓读书人虽史料未多见，但韩愈有《赠别元十八协律六首》，白居易有《雨夜赠元十八》，或与此为同一人，若是，则可见其与中唐文坛大家来往甚密。

写下此文后，韩退之曾写信责怪柳宗元"不斥浮图"。虽然是好友，韩柳二人在许多问题上也存在着分歧，对佛教的态度便是其一，章士钊也认为"此序在柳韩争执中是一极要佐证"。（《柳文指要》）

从柳宗元的政治见解与主张来看，他政治思想的主导方面，还是属于儒家思想。他早年曾自述"唯以中正信义为志，以兴尧、舜、孔子之道，利安元元为务"（《寄许京兆孟容书》），即使在被贬之后，他也还是"守先圣之道"（《答周君巢饵药久寿书》）。甚至以自己现身说法，说："吾之所云者，其道自尧、舜、禹、汤、高宗、文王、武王、周公、孔子皆由之。"（《与杨诲之第二书》）但是，柳公虽然推崇儒学，可他的儒家思想并不像先秦儒家那么纯粹。正如此篇开端，援引太史公之言，兴起自己的观点。他不仅明确否定了儒、道对立的传统观念，且认为"杨、墨、申、商，刑名、纵横"各家的学说，与道家一样，皆"孔氏之异流""与孔子同道"，不能视其为与儒家"相抗"的学派。

事实上，柳公推崇儒家，甚至把儒家看成其他各家的祖派，但他并不专宗一家。"然皆有以佐世"，只要能够帮助社会，有利于国家的长治久安，各个学派都应该吸取其中进步的、合理的因素，且"申其所长，而黜其奇邪"，为世所用。这是一种主张调和各家学派的理论，而这种"调和"，就是以柳宗元的"佐世"思想作为出发点的。

但有一点需要明确，柳宗元的政治思想，就其主导方面而言，还是儒家思想。他虽然主张较为广泛地兼容儒、道、释等各家学说，把它们"通而同之"，用以佐世，但实际上还是想把其他各学派学说融汇到儒学之中，为封建国家服务。

这大概是柳公政治思想的一个特点吧。

而除了严肃的政治抱负的阐释外，在本文中，我们还能体会到柳公的真性情。在了解了元生的为人之后，柳公不仅肯定了他取异通同、"搜择融液"的治学精神，还慨叹"吾未知其还也"，遗憾自己以后或未能再与之相见，流露出对元生真挚的惜别之情。这种情感的自然呈现，让读者感怀。原来柳公不仅仅作为一个政治家而存在，他也和普通人一样，拥有平凡人的感情。他希望元生像黄鹄一样，去南游，去远飞，希望他能够坚持自己的治学精神，在寥廓青冥中尽情翱翔、尽情放声、尽情做自己！这样的结尾，历来有不同的看法。清人何焯认为"结尾伤格"，孙琮则认为"缥缈之致，使人意远，几乎庄生濠上"。其实，作者仕途失意，遭贬远谪，苦痛深入骨髓，他又何尝不羡慕元十八"历营道，观九疑，下漓水，穷南越"的率性和自由呢？只是其内心还是始终放不下自己"佐世""辅时""利安元元为务"的政治抱负与追求，他对元十八的祝福，是一种钦慕与向往，或也是一种无奈与自怜吧。

送僧浩初①序

　　儒者韩退之与余善，尝病余嗜浮图②言，訾余与浮图游。近陇西③李生础④自东都⑤来，退之又寓书罪余，且曰："见《送元生序》⑥，不斥浮图。"浮图诚有不可斥者，往往与《易》《论语》合，诚乐之，其于性情奭然⑦，不与孔子异道。退之好儒未能过扬子⑧，扬子之书于庄、墨、申、韩⑨皆有取焉。浮图者，反不及庄、墨、申、韩之怪僻险贼耶？曰："以其夷也⑩。"果不信道而斥焉以夷，则将友恶来、盗跖⑪，而贱季札、由余⑫乎？非所谓去名求实⑬者矣。吾之所取者与《易》《论语》合，虽圣人复生不可得而斥也。

　　退之所罪者其迹也，曰："髡⑭而缁⑮，无夫妇父子，不为耕农蚕桑而活乎人⑯。"若是，虽吾亦不乐也。退之忿其外而遗其中，是知石而不知韫玉也。吾之所以嗜浮图之言以此。与其人游者，未必能通其言也。且凡为其道者，不爱官，不争能，乐山水而嗜闲安者为多。吾病世之逐逐然⑰唯印组⑱为务以相轧也，则舍是其焉从？吾之好与浮图游以此。

今浩初闲其性，安其情，读其书，通《易》《论语》，唯山水之乐，有文而文之；又父子咸为其道[19]，以养而居，泊焉而无求，则其贤于为庄、墨、申、韩之言，而逐逐然唯印组为务以相轧者，其亦远矣。

李生础与浩初又善，今之往也，以吾言示之。因北人寓退之[20]，视何如也。

【注释】

①僧浩初：一位名浩初的僧人。

②浮图：即浮屠，这里指佛教或僧人。

③陇西：古郡名，今甘肃陇西一带。

④李生础：李础，韩愈、柳宗元二人的朋友。

⑤东都：指洛阳。东汉时定都洛阳，故称。

⑥《送元生序》：即《送元十八山人南游序》。

⑦爽（shì）然：释放、解脱的样子。

⑧扬子：指汉代学者扬雄。

⑨庄、墨、申、韩：指先秦道家的庄子、墨家的墨子、法家的申不害和韩非子。

⑩以其夷也：因为佛教来自外族。

⑪恶来、盗跖（zhí）：古代的两位反面人物。恶来，是商纣王的臣子，后被周武王处死；盗跖，春秋时鲁国

的大盗。他们都是当时华夏地区的人。

⑫季札、由余：春秋时两位正面人物。季札，吴国贤君子；由余，曾流亡西戎，后助秦穆公称霸。吴国、西戎，在当时华夏之人眼中，都属于"夷"。

⑬去名求实：不求外在的名称而只重视内在的实质。作者认为，不论是佛教还是诸子百家，只需看它的内容实质，而不必在乎是中国的还是外国的。

⑭髡（kūn）：剃去毛发。

⑮缁（zī）：黑色。指僧人穿着黑色僧袍。

⑯活乎人：靠别人养活。指僧人靠化缘求食。

⑰逐逐然：争相追逐的样子。

⑱印组：官印及其绶带。这里指代官职。

⑲其道：这里指佛教。

⑳因北人寓退之：委托到北方去的人捎信给韩愈。

【赏读】

本文是送给僧人浩初的临别赠言。作者借助赠言，围绕着对佛教的不同态度，与韩愈进行辩驳。

开篇几句，交代了写作的缘起。原来是韩愈责备柳宗元"嗜浮图言""与浮图游"，并托人带书信来批评柳宗元。韩愈素不喜佛，面对朝野上下劳民伤财的佞佛盛会，心痛不已，曾言"人其人，火其书，庐其居"。元和十四年（819），唐宪宗要迎佛骨入宫供养，韩愈写下《谏迎佛骨》，列举历朝佞佛的皇帝"运祚不长"，遭到贬谪，还险些丧命，其态度激烈可见一斑。在当时的背景下，韩愈严厉斥佛甚至责备柳宗元似乎不无道理。于是，针对韩愈的观点，柳宗元展开了精彩的辩驳。

针对韩愈责备其"不斥浮屠"，柳宗元比较全面地阐述了他对佛教的态度。提出"浮图诚有不可斥者，往往与《易》《论语》合，诚乐之，其于性情奭然，不与孔子异道"的正面论点。这句话从逻辑上先声夺人，《易》与《论语》是儒家经典，是正统，这是大前提。而佛教与之相合，即某种意义上不就是说"我"喜爱佛教其实就是喜爱儒学，先树立立场，为自己喜佛行为正言。这样还不够，柳宗元举了汉代扬雄的例子，扬雄比你韩愈更爱好儒学，但是他仍然从《庄子》《墨子》《申子》《韩非子》中吸取养分，而你却排斥本来就与儒学相合的佛学，这难道不是很可笑吗？"怪僻险贼"这样的夸张说法，将反差推向极端，使文章气势更强，论说效果更为突出。

在正面观点的总体统摄下，柳宗元又从否定韩愈的两个观点入手，提出新的补充，从而论证自己喜佛行为的合理性。韩愈"以其夷也"亦即认为佛教是外来宗教故应排斥，柳宗元将此比作"友恶来、盗跖，而贱季札、由余"，继而提出应当去名求实，并且点到为止，及时强调自己行为的合理性，"虽圣人复生不可得而斥也"。对于韩愈只是从外在表象批评佛教，柳宗元认为他"忿其外而遗其中，是知石而不知韫玉也"。言外之意，就是韩愈不识佛教之精妙处。巧借比喻，且又再次强调了"吾之所以嗜浮图之言以此"。这样，自己喜佛行为已经很合理了，但还不够。正例和反例，论证和驳论结合起来，才能到达雄辩的效果。

于是，柳宗元说"吾病世之逐逐然唯印组为务以相轧也"，那些争肆奔竞、贪恋禄位的人，想必韩愈也是不喜欢的。而浮屠正与之相反，"不爱官，不争能，乐山水而嗜闲安者为多"，恬淡闲静，合乎儒家"安贫乐道"的生活态度。在这一正一反的强烈比照下，柳宗元再次强调"吾之好与浮图游以此"。三次驳斥，三次重申自己喜佛行为的合理性。在这一驳一立、再驳再立中，逻辑严密，极具说服力，把柳宗元喜爱佛法的原因也呈现了出来。他信佛，着重于佛教义理，把作为外壳的宗教迷信与内在实质的教理区别对待。他与浮屠交游，不同于当世之俗人，更多的是追求一种心灵境界上的契合。

文章写到这里，已经足够成功驳斥韩愈的观点，表达自己的态度了。但是，柳宗元再进一步，介绍了浩初恬退闲安的性情，精通儒学，心乐山水，淡薄而居，又有才气。并且，再次出现"逐逐然唯印组为务以相轧者"，两种迥异的人格境界相比较，高下自明。

整篇散文层次分明，循序渐进，引人入胜，亦驳亦立，极具说服力。无怪乎陈长方评之："子厚作序皆平平，惟送僧浩初一序，真文章之法。"

卷三 事理性情

今世之嗜取者，
遇货不避，以厚其室，
不知为己累也，
唯恐其不积。

蝜蝂①传

　　蝜蝂者，善负小虫也②。行遇物，辄持取，卬③其首负之。背愈重，虽困剧不止也。其背甚涩，物积因不散，卒踬仆不能起。人或怜之，为去其负。苟能行，又持取如故。又好上高④，极其力不已，至坠地死。

　　今世之嗜取⑤者，遇货不避，以厚其室，不知为己累也，唯恐其不积。及其怠而踬也，黜弃之，迁徙之，亦以病矣⑥。苟能起，又不艾⑦。日思高其位，大其禄，而贪取滋甚，以近于危坠，观前之死亡⑧不知戒。虽其形魁然大者也，其名人也，而智则小虫也。亦足哀夫！

【注释】

　　①蝜蝂（fù bǎn）：小虫名。

　　②善负小虫也：是一种善于负重的小虫。

　　③卬（áng）：通"昂"，高高抬起。

　　④上高：往高处爬行。

⑤取：这里指搜刮钱财。

⑥亦以病矣：意为这时他也会因此而怨恨。

⑦艾：停止。

⑧死亡：这是对前文"黜弃之，迁徙之"失败遭遇
的夸张说法。

【赏读】

对于蝜蝂，作者的介绍很简单，"善负小虫也"，一
语带过，语焉不详。倒是《辞源》对之有一点解释"蝂，
小黑虫，赤头，长寸许"，仅此而已。这究竟是个什么样
的虫子，似也没有什么人见过。但这已经不太重要了。
作者为蝜蝂立传，本就可疑——应该是著名的，至少是
知名的人物才有作传的必要。作者为什么要为毫不起眼
的、不为人所知、名不见经传的一种小虫子立传呢？可
见作者意不在传主的本身。

刘禹锡所编《柳河东集》在本篇的题目下注曰："传
之所言，盖指当时用事贪取滋甚者。"可见这是一篇带有
讽喻性质的寓言故事。文章不长，全文也就二百字，用
语"颇峭洁"（〔清〕何焯《义门读书记》），却也主次
分明，不失生动，用小虫作喻将一些官僚贪婪成性的举
动淋漓尽致地揭示出来。

"善负"是蝜蝂的特点，但并不怎么令人觉得特别。

自然界很多动物，如牛、马、驴等，更是"善负"界中的翘楚，若只是单纯写这一特点，那还不如写牛、马。严格来说，"善负"只是蝜蝂基本的生理功能。因为"善负"，故其负重的耐受性强，"虽困剧不止也"。再加上"其背甚涩，物积因不散"——背部粗糙，摩擦力增大，具备了承载更多重物的条件，东西堆上去也不会散落，凸显载物之重。如果到此为止，蝜蝂的这一特点就已经很清楚了，但是作者又宕开一笔，在"善负"的基础上进一步展现其"行遇物，辄持取"的程度，即便是"人或怜之，为去其负"，蝜蝂"又持取如故"，把蝜蝂对所遇物体近乎疯狂的"热爱"一步一步地揭示出来。这是作者重点刻画的蝜蝂的特点之一。

实际上，首段还有一个"卬"字，值得品味。文章用笔简省，为什么柳宗元在叙述蝜蝂的特点时还要特意描写其负重的神态呢？"卬"是古代"仰"的本字，有"抬起、扬起"的意思。这个字非常形象地将蝜蝂持取外物而又自负炫耀的一面隐没其间，也与后文描写某类人的不择手段、过分贪取名利而自以为傲的讥讽之意相吻合。

蝜蝂的特点之二，是"好上高"。对于这一点，作者倒是简单一句"极其力不已，至坠地死"带过。

如果联系下文就会发现：一者，作者写作的重心的确是前一个特点，由小虫及人事，着眼于贪婪；二者，议论的文字比叙述的文字还多，盖此文目的就是"讥贪者"。（〔宋〕黄震《黄氏日钞》）此论虽有争议，如明清之际的蒋之翘认为"此当是子厚贬后自悔之言"，这显然有些强词夺理、有违事实了。章士钊就毫不犹豫地指出"其说甚谬"，并引明人陈仁锡语进行驳斥："公所讽托，宜其持己刚矣，卒不免于党锢，岂于此输一着耶。"（《柳文指要》）

应该说，本文锋芒所向，是否有具体所指，无法知之，但直指"世之嗜取者"是明确的，如章士钊所言"切有所指，不难看到"。议论部分，采用类比的手法，紧紧地将首段所述蝜蝂的特性与人事结合起来，从行为方式到态度，再到最终结局，无不形神一致、高度契合。"遇货不避"即为"行遇物，辄持取"；"苟能起，又不艾""日思高其位"就是"苟能行，又持取如故""好上高"。寥寥数语，"世之嗜取者"雁过拔毛似的贪婪和至死不悟的疯狂一览无遗。文章最后以"亦足哀夫"作结，饱含着作者对这一现象、这一类人的告诫、蔑视与无限的喟叹。

设渔者对智伯^①

智氏既灭范、中行，志益大，合韩、魏围赵，水晋阳^②。智伯瑶乘舟以临赵，且又往来观水之所自，务速取焉。

群渔者有一人坐渔，智伯怪之，问焉。曰："若渔几何？^③"曰："臣始渔于河中，今渔于海。今主大兹水^④，臣是以来。"曰："若之渔何如^⑤？"曰："臣幼而好渔。始臣之渔于河，有鲨、鲂、鳣、鳈^⑥者，不能自食，以好臣之饵，日收者百焉。臣以为小，去而之龙门^⑦之下，伺大鲔^⑧焉。夫鲔之来也，从鲂鲤数万，垂涎流沫，后者得食焉；然其饥也，亦返吞其后。^⑨愈肆其力，逆流而上，慕为螭龙^⑩。及夫抵大石，乱飞涛，折鳍秃翼，颠倒顿踣，顺流而下，宛委冒懵，环坻溆而不能出，^⑪向之从鱼之大者，幸而啄食之，臣亦徒手得焉。犹以为小。闻古之渔有任公子^⑫者，其得益大。于是去而之海上，北浮于碣石^⑬，求大鲸焉。臣之具未及施，见大鲸驱群鲛，逐肥鱼于渤澥^⑭之尾。震动大海，簸掉巨岛，一啜而食若舟者[15]数十，勇而未已，贪而不能止，北蹙于碣石，槁焉。向之以为食者，反相与食之。臣亦徒手得焉。犹以为小。闻古之渔有太公[16]者，其得益大，钓而得文王，于是舍而来。”

智伯曰：“今若遇我也如何？”渔者曰：“向者臣已言其端矣。始晋之侈家[17]，若栾氏、祁氏、羊舌氏以十数，不能自保，以贪晋国之利而不见其害。主之家与五卿，尝裂而食之矣。是无异鲨、鲔、鳣、鳢也，脑流骨腐于主之故鼎，可以惩[18]矣，然而犹不肯寤。又有大者焉，若范氏、中行氏，贪人之土田，侵人之势力，慕为诸侯而不见其害。主与三卿又裂而食之矣。脱其鳞，鲙[19]其肉，刳[20]其肠，断其首而弃之，鲲鲕[21]遗胤[22]，莫不备俎豆[23]，是无异夫大鲔也。可以惩矣，然而犹不肯寤。又有大者焉，吞范、中行以益其肥，犹以为不足，力愈大而求食愈无餍。驱韩、魏以为群鲛，以逐赵之肥鱼，而不见其害。贪肥之势，将不止于赵，臣见韩、魏惧其将及也，亦幸主之蹙于晋阳[24]。其目动矣[25]，而主乃懵然[26]，以为咸在机俎[27]之上，方磨其舌。抑臣有恐焉，今辅果[28]舍族而退，不肯同祸，段规[29]深怨而造谋，主之不寤，臣恐主为大鲸，首解于邯郸[30]，鬣[31]摧于安邑[32]，胸披于上党，尾断于中山之外，而肠流于大陆，为鲜薧[33]，以充三家子孙之腹。臣所以大惧。不然，主之勇力强大，于文王何有？"

智伯不悦，然终以不寤。于是韩、魏与赵合灭智氏，其地三分。

【注释】

①智伯：智伯瑶，春秋末晋国贵族。当时，智氏与范氏、中行氏，以及韩、赵、魏，均为晋国世卿，而智氏最强。

②水晋阳：以汾河水淹没赵氏要地晋阳（今山西太原一带）。

③若渔几何：从下文渔者的回答看，这里的"几何"是问其钓鱼经历、年头。若，你。

④今主大兹水：如今您使这里发大水。主，对智伯的尊称。大兹水，指引汾河水淹晋阳，使这里发大水。

⑤何如：指钓鱼的手段、本事怎么样。

⑥鲨、鲔（xù）、鳣（zhān）、鰋（yǎn）：均为河鱼名。鲨，指吹沙鱼。鲔，鲢鱼。鳣，鲟鳇鱼。鰋，鲇鱼。

⑦龙门：在今山西河津。相传山下黄河中大鱼云集，跃上龙门即为龙，跃不上则仍为鱼。

⑧鲔（wěi）：大的鲟鳇鱼。

⑨"垂涎"四句：意为鲔鱼吐出食渣唾液，后面跟随的鱼群以之为食；但当鲔鱼饥饿时，也回身吞食后面

跟随的小鱼。

⑩慕为螭（chī）龙：意为鲔鱼想跃上龙门成为螭龙。

⑪"宛委"二句：意为鲔鱼随急流曲折漂浮而下，被冲撞得昏沉懵懂，环绕着水中的小洲和水边的浅滩旋转而游不出来。坻（chí），水中小洲或高地。漵（xù），水边。

⑫任公子：《庄子·外物》中的人物，说他在东海边钓鱼，仅鱼饵就是五十头犍牛，钓得的大鱼，制成腊鱼，从浙江以东到苍悟以北的沿海居民个个都得以饱食。

⑬碣石：山名，在今河北昌黎县西北。

⑭渤澥（xiè）：渤海的古称。

⑮若舟者：像船一样大的鱼。

⑯太公：指姜太公。相传他在渭水边钓鱼，遇见周文王，被其赏识，与文王同车而归，被尊为国师。因此，他被公认为史上最成功的"钓鱼"者。

⑰侈家：指春秋时豪奢的卿大夫家族。

⑱惩：作为鉴戒。

⑲鲙（kuài）：脍。把鱼肉切细。

⑳刳（kū）：剖开，挖空。

㉑鲲鲕（ér）：小鱼。

㉒遗胤：后世，子孙。

㉓莫不备俎豆：意为没有不被人当作祭品或佳肴的。

㉔亦幸主之蹙于晋阳：也希望您被困逼在晋阳。

㉕其目动矣：眼珠转动。形容心中已有敌意和杀机，准备有所动作了。

㉖傲（ào）然：即傲然，高傲的样子。

㉗机俎：捕兽的机关和切肉的砧板。

㉘辅果：人名，本名智果。本为智氏家族成员，但他认为智伯必亡，不愿同祸，故脱离智氏家族，改为姓辅。后智氏被灭，唯辅果在。

㉙段规：人名。韩氏家族的谋臣，曾被智伯侮辱，怀恨在心。当智伯攻赵不下时，趁机发难，杀了智伯。

㉚首解于邯郸：以下数句，即把智伯的下场比作上文中任公子所钓的巨鱼。邯郸，赵国都城。

㉛鬣（liè）：鱼鳍。

㉜安邑：与以下的上党、中山、大陆，均为韩、赵、魏各家领地。

㉝鲜薧（kǎo）：鲜干鱼制品。

【赏读】

这篇寓言师法先秦诸子的对话体例，想象则模仿庄子的汪洋恣肆，借助智伯与渔者的对话，推理由表及里，层层推进，颇有孟子引君入彀之风。意在讽刺和告诫那些贪得无厌的人，过于贪婪其结果只有一个，那就是被吞并或消灭。

智伯，史有其人，史称智襄子。当初为了增强晋国国力，恢复晋国霸业，以身作则向国君献出自己的封邑，韩氏、魏氏为保存自己，随后也各自都献出了封邑，唯独赵氏的赵襄子不肯从之。智伯遂率韩、魏两家一起讨伐赵氏。赵襄子凭地险与人和之利，与之周旋了一年有余。后智伯借山洪来临，水灌晋阳，赵襄子估计晋阳城愈是危在旦夕，韩、魏两家将愈无战心，便命家臣趁夜潜入韩、魏两营，说服韩、魏两家临阵倒戈，并内外夹攻消灭了智氏，共分其地，智氏家族两百多人悉遭杀戮。之后，韩、赵、魏又把晋国留下的其他土地也瓜分了，史称"三家分晋"。三晋分而七国立，中国从此进入战国时代。

但显然，本文意不在陈述这段史实。

吹沙鱼、鲢鱼等小鱼因贪食钓饵而上钩；鲂鱼、鲤鱼因追随鲟鳇鱼而变成了鲟鳇鱼的食物；鲟鳇鱼因希望跃上龙门成为螭龙，最终因撞击导致昏迷而被后面的鱼群啄食；鲸鱼比鲟鳇鱼更大、一下可以吞下几十条像船那样大的鱼，也最终因贪食而搁浅在碣石山下，被先前那些大鱼争先恐后地吃掉。

寓言呈现道理的方式与一般的论说文不同。一般的论说文的结论，不少是一开始就亮相了，即谢榛在《四溟诗话》中言作文之道："起句当如爆竹，骤响易彻。"而寓言通常是先描述形象的故事，再从类比推理中推演出来。本文即一步一步，由小鱼及大鱼，逐步呈现出文章的表层寓意——再怎么大的鱼，都可能因贪婪而落得可悲的下场。但值得注意的是，寓言的故事情节，不同于一般的故事，一般故事并不一定把道理直接讲出来，而成熟的寓言在最后会把道理概括出来。大鱼吃小鱼，大鱼也没有好下场，这样的故事还不是作者的真正用意。任何寓言，最终指向的都是人事。

有了大鱼和小鱼的铺垫和比喻，人事的斗争关系就比较明朗，也更易于接受了。这种方法在先秦诸子中多见。孟子在《寡人之于国也》中用"五十步笑百步"来比喻梁惠王的施政纲领并不比他人高明，庄子在《养生主》中用"庖丁解牛"来说明顺应自然的重要性，都采用的是这样一种方法。即便是更后的作品，此法也不鲜见。魏徵在《谏太宗十思疏》的开头也用了"求木之长者，必固其根本；欲流之远者，必浚其泉源"，以引出"思国之安者，必积其德义"的治国之道。

渔者借助大鱼和小鱼的关系，深入剖析了晋国的内部矛盾，层层推进地指出了智伯当前处境的危险。如像吹沙鱼、鲢鱼的栾氏等几十个家族，因贪图晋国的好处不能自保而被消灭；"又有大者焉"，如像鲟鳇鱼的范氏、中行氏二家世卿，"贪人之土田，侵人之势力，慕为诸侯而不见其害"，又被人裂而食；最后毫不客气地直接点明智伯"力愈大而求食愈无餍"，如此，将会落得像大鲸鱼一样的下场，最终被韩、赵、魏三家"鲨鱼"吞并。渔者最后语重心长地提醒智伯："你的勇力和强大程度比起周文王来，差得远了，不可能像周文王那样逐步统一全国。"文章最后的几句话，交代了结果：智伯终究也不醒悟，被韩、赵、魏三家联合起来消灭了。回到史实，证明自己观点的正确。

此文是有一定的现实针对性的。安史之乱后，李唐王朝任由割据的军阀坐大，逐渐失去了对地方政府的控制。贞元二十一年（805），时任礼部员外郎的柳宗元与深受顺宗李诵信任的翰林学士王叔文、刘禹锡等人一起谋办的"永贞革新"，推行的一系列革新措施中就有"抑制藩镇割据"这一重要举措。这篇散文或就是为了警示那些"贪丽不能止"的割据藩镇，如果一味贪求权势，也必然会如同智伯那样最终走向灭亡。

愚溪①对

　　柳子名愚溪而居。五日，溪之神夜见梦曰："子何辱予，使予为愚耶？有其实者，名固从之，今予固若是耶？予闻闽有水，生毒雾厉气②，中之者，温屯③沤泄；藏石走濑，连舻糜解。④有鱼焉，锯齿锋尾而兽蹄，⑤是食人，必断而跃之，乃仰噬焉，故其名曰恶溪。西海有水，散涣而无力⑥，不能负芥，投之则委靡垫没⑦，及底而后止，故其名曰弱水。秦有水，掎汩泥淖⑧，挠混⑨沙砾，视之分寸，眙⑩若睨壁，浅深险易，昧昧不觌⑪，乃合清渭，以自彰秽迹，故其名曰浊泾。雍之西有水，幽险若漆，不知其所出，故其名曰黑水。夫恶弱，六极⑫也；浊黑，贱名也。彼得之而不辞，穷万世而不变者，有其实也。今予甚清与美，为子所喜，而又功可以及圃畦⑬，力可以载方舟⑭，朝夕者济焉。子幸择而居予，而辱以无实之名以为愚，卒不见德而肆其诬⑮，岂终不可革⑯耶？"

　　柳子对曰："汝诚无其实，然以吾之愚而独好汝，汝恶得避是名耶！且汝不见贪泉[17]乎？有饮而南者，见交趾[18]宝货之多，光溢于目，思以两手左右攫而怀之，岂泉之实耶？过而往贪焉犹以为名，今汝独招愚者居焉，久留而不去，虽欲革其名不可得矣。夫明王之时，智者用，愚者伏。用者宜迩，伏者宜远。今汝之托[19]也，远王都三千余里，侧僻回隐[20]，蒸郁之与曹[21]，螺蚌之与居[22]，唯触罪摈[23]辱愚陋黜伏者，日侵侵[24]以游汝，闶闶[25]以守汝。汝欲为智乎？胡不呼今之聪明皎厉[26]握天子有司之柄以生育天下者，使一经于汝，而唯我独处？汝既不能得彼而见获于我，是则汝之实也。当汝为愚而犹以为诬，宁有说耶？"

曰："是则然矣。敢问子之愚何如而可以及我？"柳子曰："汝欲穷我之愚说耶？虽极汝之所往，不足以申吾喙[27]；涸汝之所流，不足以濡吾翰[28]。姑示子其略：吾茫洋乎无知，冰雪之交，众裘我绤[29]；溽暑之铄[30]，众从之风，而我从之火。吾荡而趋[31]，不知太行之异乎九衢[32]，以败吾车；吾放而游，不知吕梁[33]之异乎安流[34]，以没吾舟。吾足蹈坎井[35]，头抵木石，冲冒榛棘，僵仆虺蜴[36]，而不知怵惕[37]。何丧何得，进不为盈，退不为抑，荒凉昏默，卒不自克。此其大凡者也。愿以是污汝可乎？"

于是溪神深思而叹曰："嘻！有余矣，是及我也。"

因俯而羞，仰而吁，涕泣交流，举手而辞。一晦一明，觉而莫知所之⑱。遂书其对。

【注释】

①愚溪：详见本书《愚溪诗序》。

②厉气：邪恶瘟疫之气。

③温屯：湿热之气屯聚不散，使人迷惘不爽。

④"藏石"二句：意为暗藏礁石水流湍急，即使相连的船只也被撞得粉碎。

⑤"有鱼"二句：有一种鱼，牙齿如同锯齿，尾巴粗壮有力，有野兽般的蹄子。此当指鳄鱼。

⑥散涣而无力：水流四散，没有浮力。

⑦委靡垫没：毫无反应，一直下沉。

⑧掎汩（jǐ gǔ）泥淖：泥水乱流的样子。掎，牵引，拖住。汩，乱，流。

⑨挠混：搅混。

⑩眙（chì）：直视，瞪眼看。

⑪觌（dí）：观看。

⑫六极：指六种极凶恶之事。《书·洪范》："六极：一曰凶短折，二曰疾，三曰忧，四曰贫，五曰恶，六曰弱。"

⑬功可以及圃畦：意为河水有浇灌菜圃田园之功。

⑭方舟：并排的船只。

⑮不见德而肆其诬：不感恩于我却肆意诬蔑我。

⑯革：革除。这里指除掉"愚"这个污名。

⑰贪泉：据《晋书·吴隐之》载，广州石门这个地方有水曰"贪泉"，相传饮此水者，即便是廉士也会变贪。

⑱交趾：地名，在今越南。

⑲托：托身之地，所在的地方。

⑳侧僻回隐：偏远闭塞。

㉑蒸郁之与曹：蒸腾郁闷之气与你同类。

㉒螺蚌（bàng）之与居：螺蛳蚌蛤与你共处。

㉓摈（bìn）：排斥。

㉔侵侵：频繁的样子。

㉕闿闿：窥视的样子。

㉖皎厉：清高自持。

㉗不足以申吾喙：意为没有我要说的话长。申，延伸。喙，嘴。

㉘不足以濡吾翰：意为不够湿润我的毛笔。

㉙众裘我绤（chī）：众人穿着皮裘而我穿细葛布单衣。

㉚溽暑之铄：潮湿炎热的盛夏。铄，熔化金属，这里形容天气极其炎热。

㉛荡而趋：指驾车放纵奔驰。

㉜太行之异乎九衢：崎岖的太行山路不同于四通八达的大道。九衢，纵横交错的大道。

㉝吕梁：水名。也称吕梁洪，其水汹涌澎湃，与下文的"安流"形成鲜明对比。《庄子·达生》载："孔子观于吕梁，县水三十仞，流沫四十里，鼋鼍鱼鳖之所不能游也。"

㉞安流：平稳的流水。

㉟坎井：陷阱。

㊱僵仆虺（huǐ）蝎：被毒蛇蜥蝎伤害而倒地。

㊲怵惕：惊恐，戒惧。

㊳觉而莫知所之：醒来却不知溪神到哪里去了。

【赏读】

在《愚溪诗序》中，作者以一种自嘲的笔调倾吐了被埋没、遭打击的不平与愤懑。本文可视为《愚溪诗序》的姊妹篇，当作于同时。文章其实是一篇赋体作品，借与溪之神托梦对话的形式辩说改换溪名一事，表达出对自己遭贬的不平与痛苦，情绪激愤，却又颇有妙趣。文章表露出的情感似与《愚溪诗序》没有很大的区别，但体现出的意趣却大不一样，其中之一就在于逻辑上的辩驳带来的效果。

照理，溪之神认为"辱以无实之名以为愚"的质疑是在理的。"甚清与美，为子所喜"，且"功可以及圃畦，力可以载方舟，朝夕者济焉"，溪水清澈，可以浇灌园地，可以承载舟船，早晚都可以渡船，并没有给百姓带来危害，这样的溪水理应受人褒扬，怎么会是"愚"的呢？溪之神的质疑也很充分，将自己与其他的四条河流进行了比对，如福建的恶溪，致人生病；西海的弱水，没有浮力；秦之浊泾，混杂污秽；雍之黑水，幽暗危险。这些河水都名实相符，两相对照，泾渭分明。面对有理有据的质疑，反驳者应该是哑口无言的了。再看柳宗元的回答倒是强词夺理："汝诚无其实，然以吾之愚而独好汝，汝恶得避是名耶！"意思就是，你确实不愚，但我这么愚蠢的人喜欢你，你就是愚蠢的！明显的不问青红皂白，蛮横无理。

逻辑上的错位，这就是作者的意旨所在。

他在《愚溪诗序》中，就将所遇到的溪、丘、泉、沟、池、堂、亭、岛统统冠以"愚"名，先说它们"无以利世，而适类于予"，进而明言："今余遭有道，而违于理，悖于事，故凡为愚者莫我若也。"可见，作者自嘲为"愚"，实则正言若反，抒发怨愤，指责社会黑白颠倒，贤愚不分。他在文中不无愤怒地说："夫明王之时，智者用，愚者伏。"不就是暗讽当时君王的"不明"与昏聩吗？而且柳子的回答皆为问句，连用了五个问句表达出了内心的强烈不满与愤怒，无怪乎茅坤说，此赋满篇"愤词"，"发其无尽之牢骚，泄其一腔之怨愤"（《柳文指要》）。这么一来，再回头去看文中第一段溪之神所提及的恶溪、弱水、浊泾、黑水明显是影射残暴、污浊、黑暗的社会现实和官场斗争，至于"甚清与美""功可以及圃畦"等则是柳子的自喻与自勉罢了，茅坤就认为此为"柳子自嘲，并以自矜"。"今汝之托也，远王都三千余里"，言外之意也很明显，柳宗元以愚假托，讽喻当时小人得志而智者遭贬。这种看似平静的正话反说，正深刻地透露出作者对混浊世事的强烈不满。

　　当然这种不满和愤怒只是柳宗元要表达的情绪之一。柳宗元既是大智者，也是大勇之人。他毫不掩饰自己对过往行为的清醒认识，"足蹈坎井，头抵木石，冲冒榛棘，僵仆虺蜴，而不知怵惕""进不为盈，退不为抑"，脚踩进浅井，头撞到树木和石头，冲撞满是荆棘的树丛，摔向毒蛇蜥蜴，却不知道害怕和警惕，表达出了自己知难而进、坚持理想、进不自满、贬不自馁的信念。

　　屈子、子厚同为贬谪之人，但二者抒发怨愤的方式不同，屈直而柳曲。由于时代不同，柳宗元显然不能直接指斥在朝的官员，但他的内心深处始终认为自己是正确的。于是，以嬉笑代替怒骂，正言若反，就成了他表达心迹的不二选择了。

序①棋

房生直温，与予二弟②游，皆好学。予病③其确④也，思所以休息之者⑤。得木局⑥，隆⑦其中而规⑧焉，其下方以直⑨，置棋二十有四。贵者半，贱者半，贵曰上，贱曰下，咸自第一至十二，下者二乃敌一⑩，用朱墨以别焉。房于是取二毫⑪，如其第⑫书之。既而抵戏⑬者二人，则视其贱者而贱之，贵者而贵之。其使之击触也，必先贱者，不得已而使贵者，则皆栗⑭焉惂⑮焉，亦鲜克以中⑯。其获⑰也，得朱焉则若有余⑱，得墨焉则若不足⑲。

余谛睨⑳之，以思其始，则皆类也，㉑房子一书之而轻重若是㉒。适近其手而先焉，非能择其善而朱之，否而墨之也。然而上焉而上㉓，下焉而下，贵焉而贵，贱焉而贱，其易彼而敬此，遂以远焉。㉔然则若世之所以贵贱人者，有异房之贵贱兹棋者欤？无亦近而先之耳？有果能择其善否者欤？其敬而易者，亦从而动心矣，㉕有敢议其善否者欤？其得于贵者，有不气扬而志荡者欤？其得于贱者，有不貌慢而心肆者欤？其所谓贵者，有敢轻而使之击触者欤？其所谓贱者，有敢避其使之击触者欤？㉖彼朱而墨者，相去千万不啻，有敢以二敌其一者欤？余墨者徒也㉗，观其㉘始与末，有似棋者，故叙。

【注释】

①序：通"叙"，叙说。

②予二弟：我的两个弟弟。指作者的堂弟柳宗直和柳宗一。

③病：不满，忧虑。

④确：执着。

⑤思所以休息之者：想个什么办法能让他们休息一下。

⑥局：棋盘。

⑦隆：凸起。

⑧规：圆形。

⑨方以直：方正而平整。

⑩下者二乃敌一：（棋子）两个贱子只能抵一个贵子。

⑪二毫：指红黑两种颜色的毛笔。

⑫第：次序。

⑬抵戏：较量，斗棋。

⑭栗：谨慎，害怕。

⑮惛（hūn）：惑乱，糊涂。

⑯中（zhòng）：击中。

⑰获：指赢得对方棋子。

⑱若有余：形容心满意足。

⑲若不足：形容不满意。

⑳睨：斜眼看，在旁观察。

㉑"以思"二句：思索从一开始，棋子原本都是一样的。

㉒"房子"句：被房直温用红黑笔一画，就有了这样的轻重贵贱之分。

㉓上焉而上：被写成上的就成了上子。下三句类同。

㉔"其易"二句：意为轻视那个，重视这个，就变得差距很大了。

㉕"其敬"二句：意为一旦有了敬重和轻视的区别，人们心理上也就跟着这么认为。

㉖"其所谓贵者"四句：大意是，人也和这棋子一样，被尊为贵的，谁也不敢轻易用它去击触；被视为轻贱的，难免要用它去击触。

㉗余墨者徒也：我是黑棋子的同类者。

㉘其：指作者自己的人生经历。

【赏读】

文章作于柳宗元被贬柳州期间，从友人房直温涂染棋子以及与作者弟弟下棋这一生活小事中获得一些感悟，借此批判朝廷"适近其手而先焉"这样一种任人唯亲的用人制度。

文章先记叙了棋的由来以及棋局的规则。

文中所说的这种棋，叫"弹棋"。据记载，弹棋源自汉元帝，"汉元帝好蹴鞠，为劳，求相类而不劳者，遂为弹棋之戏"（《西京杂记》）。棋盘二尺见方，中心高，如同一个翻过来的痰盂，最上面像一个小壶，四边微微隆起。下棋双方各二十四个棋子，其中上等子（贵子）一半，下等子（贱子）一半。那如何确定这两类棋子呢？作者特地交代了房直温涂染棋子的经过，"如其第书之"。其实很简单，就是按照棋子摆放的次序涂抹颜色，这为下文由红、黑两色棋子引发的议论做铺垫。棋子原本都一样，涂抹上颜色之后就有了高下之分，涂上红色的属于上等子，涂上黑色的属于下等子。一颗上等子等于两颗下等子，如此高下贵贱一分，两个人在对弈中，自然地就轻贱黑子而看中红子，得到红子就心满意足，得到黑子则不能如意。文章通过对博弈双方心境的描摹，反映他们对待两种棋子的态度，棋子作为客观存在的物品由此人为地带上了情感色彩。

这作为游戏规则本也无可厚非，甚至是必需的，否则游戏如何进行呢？但是作者的角度并不在棋子上，其深刻之处就在于由棋子转向了现实社会、转向了对官场用人制度的思考——"若世之所以贵贱人者，有异房之贵贱兹棋者欤？"

于是，文章由之前的平和叙述转为了强烈的反问，而且是连用九个反问，语气强烈，一气呵成，却又逐层深入，答案不言而喻。文章将房直温对红黑棋子的划分与当时社会对人贵贱的划分作对比，肯定两者在本质上的相同。说明朝廷在实际选任人员时，并没有将之与人的优劣好坏真正地联系起来，而只是以"近而先之耳"作为选拔官员的标准。作者毫不客气、直言不讳地点出当时官场对亲近的人先行重用的用人规则。这里既是批评，也是对自身坎坷遭际原因的揭示。但是作者并不满足于此，继而更进一步地揭露出得高位者的种种表现，这又恰恰是这些人品质低劣、无德无能的表现。通过对比的手法呈现他们"气扬而志荡"，没有人敢"轻而使之击触"的骄纵态度。这一连串的反问，蕴含着作者对当时用人制度深深的不满，愤懑之情溢于言表。结尾更是鲜明地以自身处境说明其中的问题："余墨者徒也，观其始与末，有似棋者，故叙。"自己就是黑棋那类人，因为不是亲近之人，所以未遭重用，甚至还遭贬谪。无限不平，尽含其中。

全文紧扣主题，从"棋"字谈开去，无一句不言棋，但又不仅止于言棋；关合自身，却又不限于自己。思考之深入、质问之深刻，就是放在今天，也是发人深省，很有参考价值的。

鞭①贾

　　市之鬻鞭者，人问之，其贾②宜五十，必曰五万。复③之以五十，则伏而笑；以五百，则小怒；五千，则大怒；必以五万而后可。有富者子，适市买鞭，出五万，持以夸余。视其首④，则拳蹙⑤而不遂；视其握⑥，则塞仄而不植⑦；其行水者，一去一来不相承；其节朽黑而无文，掐之灭爪，而不得其所穷；⑧举之翲⑨然若挥虚焉。余曰："子何取于是而不爱五万？"曰："吾爱其黄而泽。且贾者云。"余乃召僮爚⑩汤以濯之。则遬⑪然枯，苍然白，向之黄者栀⑫也，泽者蜡也。富者不悦。然犹持之三年。后出东郊，争道长乐坂下，马相踶⑬，因大击，鞭折而为五六。马踶不已，坠于地，伤焉。视其内则空空然，其理⑭若粪壤，无所赖者。

　　今之栀其貌，蜡其言，以求贾技于朝，当其分⑮则善。一误而过其分，则喜；当其分，则反怒，曰："余曷不至于公卿？"然而至焉者亦良多矣。居无事，虽过三年不害。当其有事，驱之于陈力之列⑯以御乎物，以夫空空之内，粪壤之理，而责其大击之效，恶有不折其用，而获坠伤之患者乎？

【注释】

①鞭：古代的鞭，在用途上，有驱马所用的鞭和作为兵器的鞭，以及介乎二者之间的作为刑具的鞭等。本文当指第一种。在质料上，有软硬两种，软鞭多用皮革等软质材料编制，硬鞭多以铜铁或其他硬质材料制作。本文当指硬鞭，但具体形制不详。

②贾（jià）：古同"价"。

③复：还价。

④首：此处指鞭梢。

⑤拳蹙：屈曲，不舒展。

⑥握：此处指鞭柄。

⑦蹇仄而不植：屈曲而不直。植，直。

⑧"掐之"二句：用手指甲掐它，指甲全陷入了还没有到底。

⑨翲（piāo）：轻飘飘的样子。

⑩爚（yuè）：烧，煮。

⑪遬（sù）：同"速"，迅速。

⑫栀：染成黄色，涂饰。

⑬踶（dì）：踢。

⑭理：肌理，质地。

⑮当其分：指所获得的官位与其实际能力相当。下句"过其分"则指官位过高，超出其实际能力。

⑯陈力之列：语出《论语·季氏》："陈力就列，不能者止。"意为应根据自己的实际能力，担任相应的职务，担负相应的责任。

【赏读】

本文题曰《鞭贾》，说的是买卖鞭子的故事，实则另有所指。

柳宗元在文中悉心刻画了鬻鞭者如何靠装腔作势来欺诈牟利的丑态，也揭示出了富家弟子如何心甘情愿地上当受骗，最后落得个鞭折人伤的下场。这其实是在隐喻当时腐败的官场，讽刺那些虚有其表、追逐虚名、不务实际之人，更是指斥统治者用人不察的昏聩。

这篇富有讽刺意味的文章以寓言的结构组合。首先是卖鞭买鞭故事的本体。作者对鬻鞭者的刻画颇为生动。"人问之，其贾宜五十，必曰五万。"为什么是五万而不是五千呢？这是一个必要的前提。只有将鞭子的价格提到足以令人咋舌的高度，才可以唬住那些财力不足者，也只有如此，才能吸引单纯追求表象的人，如此可为鬻鞭者获取最大的利益。面对顾客各种各样的讨价还价，鬻鞭者也有应对的招数，或"伏而笑"——不屑一顾，如此不识货，根本不值一谈；或"小怒"——这么好的鞭子怎么能够便宜卖呢？至于还价五千，那就勃然"大怒"——简直就是一种羞辱。别人还价越多，他的情绪越是激烈。鬻鞭者的这几个动作神态，鲜活立体，令人莞尔。实际上，鬻鞭者是深谙顾客心理的。价格便宜，反而没有人愿意买；价格越高，越是有顾客群。他就是以自己装模作样的情绪，吊足了别人的胃口，骗取了顾客的信任，让别人确信自己的鞭子货真价实。

只值五十的鞭子卖到五万，差距如此之大，如此名实不符，真的有人买吗？这就进入了认识的另一个层面了。

作者以一个富家子弟为例，此人听信其言，只看鞭子价格，对于质量好坏似不讲究。这马鞭，鞭头弯曲卷缩而不舒展，握柄曲折歪斜而不平直，衔接处前后不和谐流畅，鞭杆腐朽呈现墨黑色而无纹路。用指甲一捏，陷进去很深，举起鞭子来轻飘飘毫无分量。显然，这是一个质量低劣的马鞭。难道这个富家子弟如此不识货吗？非也！面对他人"子何取于是而不爱五万？"的质疑，富家子弟的回答是："吾爱其黄而泽。且贾者云。"这个回答显得吞吞吐吐、苍白无力、欲盖弥彰。看来，这个富家子弟并不是不知道这个天价鞭子的真相，他只是以此作为夸耀之资而已。即便被当场揭穿，所谓的"黄而泽"，不过是染了色、上了蜡的，恐怕这个富家子弟也照例会购买这个天价马鞭的。

这让我们看到了一副奸商嘴脸的同时，更看到了另一副只要外表而不言其实的丑陋面孔。

第二部分就是对其事而引发出的现实思考。这才是作者真正的写作目的——讽刺当时的官员。朝廷中许多达官贵人也只不过是"栀其貌，蜡其言"、徒有虚表，就像这条外表粉饰灿然，实则质地腐朽的马鞭。这些"马鞭"们不惜重金买官，身处与自己能力望尘莫及的职位，尸位素餐，只要国家平安无事，即便过个三年也不会有什么损害。但一旦国家遇到大事，他们轻虑浅谋的办事能力、粪土一样的质地，便昭然若揭。结果是害人害己、贻害社会。但是，一个巴掌拍不响。如果朝廷能擦亮慧眼，早早认识其本质，而不像富家子弟一般执迷不悟，自愿上当，选取这些金玉其外、败絮其内的人位居要职，也不会助长这类歪风邪气的盛行。正是基于这个认识，柳宗元在《封建论》中提出："夫天下之道，理安，斯得人者也。使贤者居上，不肖者居下，而后可以理安。"天下治乱兴亡的根本取决于朝廷的用人。如果朝廷能选贤任能，那么国家便可长治久安；反之，则乱。

柳宗元通过此文，以敏锐的政治目光，深刻认识到弊政根源之所在。仅仅用这一篇短小精悍的寓言式的文章，便能阐述出一个重大的治国之道，可谓微言大义也。其言辞犀利愤激，其文章惊警世人，其意蕴深刻隽永，影响深远，令人叹服。

梁丘据①赞

　　齐景有嬖②，曰梁丘子，同君不争③，古号媚士。君悲亦悲，君喜亦喜。曷贤不赞？卒赞于此。④媚余所仇，激赞有以。⑤梁丘之媚，顺心狎耳。终不挠厥政⑥，不嫉反己⑦。晏子躬相，梁丘不毁。恣其为政，政实允理。时睹晏子食，寡肉缺味。爱其不饱，告君使赐。⑧中心乐焉，国用不坠。后之嬖君，罕或师是。导君以谀，闻正则忌。谗贤协恶，民蠹国圮。呜呼！岂惟贤不逮古，嬖亦莫类。梁丘可思，又况晏氏？激赞梁丘，心焉孔瘁⑨！

【注释】

　　①梁丘据：春秋时齐国国君齐景公的宠臣。

　　②嬖（bì）：宠臣。

　　③同君不争：梁丘据对齐景公向来亦趋亦同，从无异议。因此曾引出一段晏子与齐景公关于"和而不同"的著名对话。详见《左传·昭公二十年》。

④"曷贤"二句：为什么我不赞颂贤人而赞颂这样的人？

⑤"媚余"二句：谄媚本是我所仇恨的，但我今天激赏赞颂此人是有原因的。

⑥不挠厥政：不干扰齐景公的政治。

⑦不嫉反己：不嫉妒反对自己的人。

⑧"时睹"四句：典出《晏子春秋》卷六："晏子相齐，三年，政平民说。梁丘据见晏子中食，而肉不足，以告景公。"

⑨心焉孔瘁：内心非常忧愁。

【赏读】

"赞"是起源较早的文体之一，且品类繁多。前人曾对"赞"做过分类。明人吴讷在《文章辨体》将其分为两种："若作散文，当祖班氏史评；若作韵语，当宗东方朔《画像赞》。"刘勰《文心雕龙·颂赞》谈到赞时，云："古来篇体，促而不广，必结言于四字之句，盘桓乎数韵之辞。约举以尽情，昭灼以送文，此其体也。"即指韵语之赞。韵语之赞，是赞文的主流。据严可均《全上古三代秦汉三国六朝文》以及《全唐文》可知，历代的赞文不少，有蔡邕的《太尉陈公赞》《焦君赞》，沈约的《高士赞》《千佛赞》，司空图的《三贤赞》《香岩长老赞》等，篇目不胜枚举。

　　本文皆为四言，通篇押韵，当属韵语之赞。问题在于，梁丘据是什么人？柳宗元为何要给梁丘据写赞呢？

　　按文献记载，梁丘据是春秋时齐国的大夫，为人热情开朗，虚心好学，温顺和善。他最大的特点是什么呢？就是对齐景公言听计从。任何时候他都永远与齐景公保持一致。景公夜听新乐，他陪着笑；景公牛山感慨，他陪着哭；景公久病欲杀太史以祭天，他煽动怂恿。齐景公却认为梁丘据是"忠爱"之士，他曾直言不讳地说："吾有喜于玩好，有司未能我具也，则据以其所有共我，是以知其忠也；每有风雨，暮夜求必存，吾是以知其爱也。"可见，梁丘据因此备受齐景公信赖，梁死后，景公甚至要"丰厚其葬，高大其垄"。作者一开始就点出了梁丘据对景公唯唯诺诺、亦步亦趋、毫无原则的"媚士"特点。对梁丘据这样的人，作者当然是看不上眼的。"曷贤不赞？卒赞于此"也说明了这一点。

　　既然如此，柳宗元为何要给梁丘据写赞呢？

　　梁丘据为官确不入流，但或许他也知道自己水平不够，所以他也仅仅只限于对景公如此言听计从，而"不挠厥政"。不仅不干扰政治，他还不嫉妒、不打击反对自己的人。晏子为相，他也是"恣其为政"，这就很不容易了。他与晏婴同朝为官，也是政治对手，《晏子春秋》还载"梁丘据谓晏子曰:'吾至死不及夫子矣。'"
对一个老对手发出由衷的钦佩之言,比起动辄打击异
己、阴谋陷害、结党营私、告密中伤等常见的政治手段
而言,梁丘据还算是光明磊落、有一点胸怀的。他甚至
还主动关心起老对手的生活。他见晏子"寡肉缺味",
非常主动地"告君使赐",这显然就不是一个用心险恶
的小人所为了。虽然梁丘据官品不优,虽非大善,亦非
大恶。可就是这样一个官员,后世"罕或师是",已经
找不到传人。柳宗元正是以此来表明:梁丘据这样的人
尚值得今天的人怀念,遑论晏子这位历史名相。眼前的
官场,更多的则是更为恶劣的"导君以谀,闻正则忌。
谗贤协恶,民蠹国圮"的真正的小人。

对此,《柳河东集》韩醇注曰:"梁丘据不毁晏子之
贤,是诚可取。方子厚贬窜远方,左右近臣有能一为子
厚之地者乎,其曰激赞梁丘,诚有以哉!"作者激赏梁丘
据这种人,显然是在抒发其内心的激愤与忧虑,讥讽当
时官员丑恶的一面,"可谓沉痛之至"。

捕蛇者说

永州之野产异蛇，黑质而白章①，触草木尽死，以啮人，无御之者。然得而腊之以为饵②，可以已大风③、挛踠④、瘘⑤、疠⑥，去死肌，杀三虫⑦。其始，太医以王命聚⑧之，岁赋其二⑨，募有能捕之者，当其租入⑩，永之人争奔走焉。

有蒋氏者，专其利三世矣。问之，则曰："吾祖死于是，吾父死于是，今吾嗣为之十二年，几死者数矣。"言之，貌若甚戚者。余悲之，且曰："若毒之⑪乎？余将告于莅事者⑫，更若役，复若赋，则何如？"

蒋氏大戚，汪然出涕曰："君将哀而生之乎？则吾斯役之不幸，未若复吾赋不幸之甚也。向吾不为斯役，则久已病⑬矣。自吾氏三世居是乡，积于今六十岁矣，而乡邻之生日蹙⑭。殚其地之出，竭其庐之入，号呼而转徙，饥渴而顿踣⑮，触风雨，犯寒暑，呼嘘毒疠⑯，往往而死者相藉也。曩与吾祖居者，今其室十无一焉；与吾父居者，今其室十无二三焉；与吾居十二年者，今其室十无四五焉，非死则徙尔。而吾以捕蛇独存。悍吏之来吾乡，叫嚣乎东西，隳突⑰乎南北，哗然而骇者，虽鸡狗不得宁焉。吾恂恂⑱而起，视其缶，而吾蛇尚存，则弛然而卧。谨食⑲之，时而献焉。退而甘食其土之有⑳，以尽吾齿㉑。盖一岁之犯死者㉒二焉，其余则熙熙而乐，岂若吾乡邻之旦旦有是哉！今虽死乎此，比吾乡邻之死则已后矣，又安敢毒耶！"

余闻而愈悲。孔子曰："苛政猛于虎也。"㉓吾尝疑乎是，今以蒋氏观之，犹信。呜呼！孰知赋敛之毒，有甚是蛇者乎！故为之说，以俟夫观人风者得焉。

【注释】

①章：条纹，花纹。

②腊之以为饵：把蛇风干作为药物。

③大风：麻风病。

④挛踠：手足屈曲不能伸展。

⑤瘘（lòu）：大脖子病。

⑥疬：恶疮。

⑦三虫：人体中的三种寄生虫。有人认为即道士所谓"尸虫"（见本书所选《骂尸虫文》），恐非。王充《论衡·商虫》曰："人腹中有三虫……三虫食肠。"有人认为即蛔虫、蛲虫、绦虫。当从。

⑧聚：征收。

⑨岁赋其二：一年征收两次。

⑩当其租入：抵销其赋税。

⑪毒之：怨恨捕蛇这项营生。

⑫莅事者：管事的官员。

⑬病：困苦。

⑭日蹙：日益困窘。

⑮顿踣（bó）：跌倒，倒地而死。

⑯呼嘘毒疠：呼吸着有瘴疠的毒气。

⑰隳（huī）突：横行骚扰。

⑱恂（xún）恂：胆小害怕、小心翼翼的样子。

⑲食（sì）：饲养。

⑳其土之有：自己土地上所出产的东西。

㉑齿：年寿。

㉒犯死者：冒着生命危险的情况。

㉓"孔子曰"二句：事见《礼记·檀弓下》。

【赏读】

　　此文是集记叙、议论和抒情于一体的散文，文章笔锋犀利，文情并茂，富有极强的感染力，堪称散文中的杰作。柳宗元写下这篇文章，希望以此引起统治者的关切。那么，柳宗元是如何来叙述捕蛇者的不幸，以达到

"以俟夫观人风者得焉"的传播影响力呢？

文章从"永州之野产异蛇"起笔，标题为《捕蛇者说》，文章开头为何不描述一下捕蛇者的生活困境，而去写异蛇呢？显然是有意而为之。

开篇重在写毒蛇之"异"。毒蛇的异从三个方面加以描绘：一是颜色之异，"黑质而白章"；二是毒性之异，"触草木尽死，以啮人，无御之者"；三是功用之异，可以"已大风、挛踠、瘘、疠，去死肌，杀三虫"。这是重点。麻风、手脚屈曲、脖肿、恶疮、坏死的肌肉、人体内的寄生虫，这些不少都是恶疾，但有了异蛇皆可治愈。因而，皇帝发布命令可以用毒蛇抵销应缴的赋税的告示，从那以后"永之人争奔走焉"。"争奔走"三字，就把永州百姓争先恐后、不辞劳苦、冒死捕蛇的情景显示出来了。所以开头这段，异蛇描述得越毒，与永州百姓的"争奔走"的矛盾就越凸显，文章就越为深刻。进而引发了人们思考，恶毒之蛇百姓尚且不避，究竟什么东西会让人闻风丧胆？这就给人留下了悬念。

"异蛇"引出了主人公"捕蛇者"蒋氏对其祖孙三代为免缴赋税而甘愿冒着死亡威胁捕捉毒蛇的自述。这段自述让人读来，尤为悲戚。"有蒋氏者，专其利三世矣。"作者先写"利"，继而写"害"。那么"利"在何处？"害"又在何处？从蒋氏的话语中，我们可以知晓蒋氏之祖、蒋氏之父皆死于毒蛇之口，自己在捕蛇生涯中，也有几次几乎死于毒蛇之口，这便是"害"。可"利"在何处？这分明百害而无一利。再者，就算有免受饥饿逃离之死的"利"，但这份"利"却是以祖孙三代人的性命换回的，当真极尽讽刺。所以说，貌似将写"利"，实则在写"害"，明明是备受毒蛇之苦，却说独享捕蛇之利。在这极为矛盾的境况中，更见蒋氏内心的酸楚。

蒋氏这副悲戚模样使作者十分悲伤，便为蒋氏提出了一个解脱危险的办法。"余将告于莅事者，更若役，复若赋，则何如？"然而，蒋氏却出乎意料地拒绝了。这是为什么？"君将哀而生之乎？则吾斯役之不幸，未若复吾赋不幸之甚也。"在蒋氏看来，赋税之掠夺人性命，比之毒蛇，有过之而无不及。史书记载：中唐赋多而重，除法定的夏、秋两税外，加征种种苛税。繁重的苛捐杂税，使劳动人民苦不堪言。如再遇天灾，无疑雪上加霜，他们纷纷逃亡、流浪，以致十室九空。"盖一岁之犯死者二焉，其余则熙熙而乐，岂若吾乡邻之旦旦有是哉！今虽死乎此，比吾乡邻之死则已后矣，又安敢毒耶！"一年冒险两次，何等不幸，但与一年三百六十五天皆处险境相比，这又是不幸中的大幸。捕蛇者面对比毒蛇还毒的赋税时，反因捕蛇而独存，已算得上幸运了。

蒋氏的话，发自肺腑，带着血泪，令人闻而愈悲。

由此，柳宗元方知《论语》中的"苛政猛于虎"并非夸张。文章最后一段的议论起到了画龙点睛的作用。如果说"苛政猛于虎"强调的是一个"猛"字，那么本文就紧扣一个"毒"字，既写了"蛇毒"，又写了"赋毒"。并且以前者衬托后者，得出"赋敛之毒"甚于蛇毒的结论。

《古文观止》认为本文："若转以上闻，所谓言之者无罪，闻之者足以为戒。真有用之文。"柳宗元正是在永州目睹当地人民"非死则徙尔"的悲惨景象，愤然写下此文，以希统治者借此体察民情，推行善政，其情可鉴也！

谪龙说

扶风①马孺子言：年十五六时，在泽州②，与群儿戏郊亭上。顷然，有奇女坠地，有光晔然，被缯裘白纹之裹③，首步摇④之冠。贵游少年骇且悦之，稍狎⑤焉。奇女颒⑥尔怒曰："不可。吾故居钧天帝宫⑦，下上星辰，呼嘘阴阳，薄蓬莱，羞昆仑，而不即者。⑧帝以吾心侈大，怒而谪来，七日当复⑨。今吾虽辱尘土中，非若俪也⑩。吾复，且害若。"众恐而退。遂入居佛寺讲室焉。及期，进取杯水饮之，嘘成云气，五色翛翛⑪也。因取裘反之，化为白龙，徊翔登天，莫知其所终。亦怪甚矣。

呜呼，非其类而狎其谪不可哉⑫。孺子不妄人也，故记其说。

【注释】

①扶风：地名，在今陕西扶风一带。

②泽州：地名，在今山西晋城一带。

③"被缬（zōu）"句：意为身披青赤色、白色条纹里子的裘衣。

④步摇：女子所戴的附在簪钗上的一种首饰。

⑤狎：轻薄，调戏。

⑥頳（pǐng）：愤怒变色的样子。

⑦钧天帝宫：天帝的宫殿。

⑧"薄蓬莱"三句：连蓬莱、昆仑之类的仙山都轻视而不靠近。

⑨复：回到天宫。

⑩非若俪也：不是你们的伴侣。

⑪脩（xiāo）脩：错杂的样子。

⑫"非其类"句：意为神即便被贬，也与人不同类，人不能因为她被贬谪就调戏她。

【赏读】

此篇亦为寓言，作者借扶风马孺子讲述的个人经历，刻画了一位被天帝贬谪凡尘，仍义正词严地驳斥调戏她的贵游少年的奇女。作者似以奇女自喻。陈景云《柳集点勘》曰："此文柳子谪官后作，盖时有过遇之不善者，故寓言见意。"文章虽短，但不若柳文其他幽深高古的篇章，用语平实，且笔力不凡，意蕴深刻，以奇女的一番言论来表现自己即便身处逆境，面对他人戏侮，也不甘受辱的凛然之气。

　　既是奇女，必有不凡之处。女子一出场就与众不同，自天而降，光彩照人，衣着华美；身份也很特殊，其"居钧天帝宫"，是仙界之士，非凡尘之人；眼界高远，即便是在仙界，也是高出众仙一筹，蓬莱和昆仑都看不上眼。蓬莱是什么地方呢？蓬莱是中国神话传说中的神山，《列子·汤问》的第一部分就对蓬莱有过一番介绍：

　　"渤海之东不知几亿万里……其山高下周旋三万里，其顶平处九千里。山之中间相去七万里，以为邻居焉。其上台观皆金玉，其上禽兽皆纯缟。珠玕之树皆丛生，华实皆有滋味，食之皆不老不死。"

　　这里是神仙聚居之所，有黄金、白玉造成的殿台楼阁，飞禽走兽皆颜色纯白，到处都是长着珍珠宝石的树，这些树开的花、结的果，味道都很好，吃了能够永生。昆仑也是中国神话传说中一座非常著名的神山，为万祖之山，据说是天帝在下界的帝都。《山海经·海内西经》上说，昆仑是海内最高的山，是天帝在地上的都城、诸神的乐园。它方圆数百里，高插云表，雄峻巍峨，这里还有西王母的瑶池、结有珍珠和美玉的神树。但对这些奇异之物、先民们眼中的神圣之地，奇女都表示了轻视。既是仙界之人，其行为也迥乎凡人，她能"取杯水饮之，嘘成云气"，最终"化为白龙，徊翔登天"。这些场所和

景象都颇富神奇，清人马位甚至认为本文"可补入《搜神记》"。(《秋窗随笔》)

但这都"殆有自喻"之意。作者以奇女自比，奇女的身世"居钧天帝宫，下上星辰，呼嘘阴阳"，或就是柳宗元参与"永贞革新"那一段辉煌历史的写照。贞元九年(793)柳宗元登进士第，时年二十一。贞元二十一年(805)，顺宗即位，变革新政运动拉开序幕，柳宗元成为以"二王刘柳"为核心的革新党派的中坚，成为皇帝身边的红人，那时也才三十出头，可谓少年得志。但"怒而谪来"，革新运动仅仅过了半年，形势急转直下，变革新政运动已无法再进行下去了。到了九月，柳宗元被贬为邵州刺史，十一月再被贬为永州司马。但是，初到永州的柳宗元，仍然充满着高度的自信。面对他人的欺侮，他言之凿凿地断言"七日当复"，表现出对未来的希望与期许，坚信不久会重新获得皇帝的起用。

不仅如此，文章最后说"非其类而狎其谪不可哉"，更是表现出作者不甘受辱，不愿与"非其类"者同流合污的坚定立场，甚至还幻想着有一天还能"徊翔登天"。今天读来，也是不胜唏嘘。

罴^①说

鹿畏貙^②，貙畏虎，虎畏罴。罴之状，被发人立，绝有力而甚害人焉。

楚之南有猎者，能吹竹为百兽之音。昔云持弓矢罂火^③而即之山，为鹿鸣以感其类，伺其至，发火而射之。貙闻其鹿也，趋而至。其人恐，因为虎而骇之。貙走而虎至，愈恐，则又为罴。虎亦亡去。罴闻而求其类，至则人也，捽搏挽裂^④而食之。

今夫不善内而恃外者，未有不为罴之食也。

【注释】

①罴（pí）：一种熊类动物。

②貙（chū）：一种形似狸猫的动物。

③罂（yīng）火：用瓦罐装着火种。

④捽（zuó）搏挽裂：揪打，撕裂。

【赏读】

此寓言文字不多，描写了一个"能吹竹为百兽之音"的猎人，企图通过模拟鹿鸣来猎杀鹿，结果却依次吸引来了鹿、貙、虎、羆，最终被羆"挥搏挽裂而食之"的故事，语言凝练，蕴意深刻，意在警告那些"不善内而恃外者"，终将为羆所食。

文章一开始仅有九个字，以顶真的修辞手法，写出了鹿、貙、虎、羆四种动物依次而"畏"，点明了它们依次被制约、被虐杀的关系。这个关系很重要，清人何焯言"总领三句甚健"，这为后文猎物的逐次出现，厘清了相互的逻辑关系。楚南猎人的本事是能够模仿百兽之音，这个口技的本领作为艺术表演还是很不错的。清人张潮编选的《虞初新志》中有一短文《口技》，描写的就是一场精彩逼真的口技表演。仅靠"一桌、一椅、一扇、一抚尺"，就能够呈现出"犬吠""呓语""儿啼""咳嗽"等几十种声音，以及一家四口由梦而醒，由醒而梦，着火后众人慌乱惶恐的几个不同场面，以致最后"宾客无不变色离席，奋袖出臂，两股战战，几欲先走"，精彩程度，令人叹为观止。楚南猎人模仿的水平也很高，连素来机敏谨慎的野兽都无法辨别其中的真伪，同样也令人惊叹。但是如果要狩猎，要捕获猎物，光会模仿动物的叫声，恐怕是远远不够的。不仅派不上用场，甚至还可能因此带来严重的后果。当他带着弓箭、火种等装备上山，模仿鹿鸣准备猎鹿，不曾想，模仿的鹿鸣声吸引了前来猎食的貙，貙是什么？《尔雅》注曰："貙，虎也，大如狗，文如狸。"《史记·五帝本纪》也记载："轩辕乃……教熊罴貔貅貙虎，以与炎帝战于阪泉之野。"由此可见，貙应该是一种猛兽。猎人原是冲着温顺的鹿去的，结果引来了凶猛的貙，猎人就没有办法了，只好再模仿虎吼驱走貙，不想"貙走而虎至"，又为罴声，虎走罴又至，如此恶性循环，招来的野兽凶猛的层级也越来越高。最终，面对最为凶残的罴，黔驴技穷的猎人无计可施、无处可逃，结局可以料想。

寓言的寓意显然不会单单是揭示自然界中弱肉强食的食物链关系，而是借物托讽。

一说是讥讽那些毫无真才实学、毫无为官能力，只能通过玩弄权术、虚张声势或借助他人的权势为非作歹的人。柳宗元的心气与心智都是很高的。他虽身处中唐，社会动荡，然少年早慧，十三岁就代一个叫崔中丞的写贺表（《为崔中丞贺平李怀光表》），今见的残稿只有一百五十三字，但文字就已经非常精熟了。刘禹锡为《柳集》作序，也说"子厚始以童子有奇名于贞元中"。柳宗元在长安，意气风发，钦慕者众，韩愈谓其"踔厉风发，率常屈其座人，名声大振"，即便遭贬谪，钦慕其文才者亦众。加上，他对官场非常熟悉，看到了太多的"不善内而恃外"的官员，发出这样的感慨也是很自然的。

　　当然，另有一说，联系当时的历史背景，认为此文是对当时重大政治问题的讽喻。唐朝在安史之乱后，藩镇割据，朝廷又无力讨平，屡图削弱藩镇，收效甚微。只能采用"以藩制藩"的策略，利用藩镇之间的矛盾让他们互相攻伐，结果获胜的藩镇更加强大，对国家造成更大的威胁。今天看来，柳宗元对当时的社会现实有着清醒而卓越的认识，此说或是对朝廷的一种警示吧。

观八骏①图说

　　古之书有记周穆王驰八骏升昆仑之墟者，后之好事者为之图，宋、齐以下传之。观其状甚怪，咸若骞②若翔，若龙、凤、麒麟，若螳螂然。其书尤不经，世多有，然不足采。世闻其骏也，因以异形求之。则其言圣人者，亦类是矣。故传伏羲曰牛首，女娲曰其形类蛇，孔子如倛头③，若是者甚众。孟子曰："何以异于人哉？尧舜与人同耳！"④

　　今夫马者，驾而乘之，或一里而汗，或十里而汗，或千百里而不汗者，视之，毛物尾鬣，四足而蹄，龁⑤草饮水。一也。推是而至于骏，亦类也。今夫人，有不足为负贩者，有不足为吏者，有不足为士大夫者，有足为者，视之圆首横目，食谷而饱肉，绨而清⑥，裘而燠，一也。推是而至于圣，亦类也。然则伏羲氏、女娲氏、孔子氏，是亦人而已矣。骅骝⑦、白义、山子之类，若果有之，是亦马而已矣。又乌得为牛，为蛇，为倛头，为龙、凤、麒麟、螳螂然也哉？

然而世之慕骏者，不求之马，而必是图之似，故终不能有得于骏也。慕圣人者，不求之人，而必若牛、若蛇、若倛头之问，故终不能有得于圣人也。诚使天下有是图者，举而焚之，则骏马与圣人出矣。

【注释】

①八骏：八匹骏马。据成书于战国时的《穆天子传》载，西周第五代君王周穆王（姬满）曾驾八骏之车，西行三万五千里，会见西王母。

②骞：高飞。

③倛（qī）头：古代驱除疫鬼时用的面具。《荀子·非相》："仲尼之状，面如蒙倛。"

④"孟子曰"三句：语见《孟子·离娄下》。

⑤齕（hé）：咬，嚼。

⑥凊（qìng）：凉。

⑦骅骝：与以下的"白羲""山子"，均为《穆天子传》中所谓"八骏"名。

【赏读】

从文章题目看，本文似为一篇画评，但实际上"醉翁之意不在酒"，作者以"八骏图"为引子，借题发挥阐述了自己对圣人的看法，并层层转进，提出了在凡人之中寻求圣人的主张，这在当时是个极富见识且惊世骇俗的大胆观点。

马，自古就为人所喜爱，它是奋勇、才能和刚健的象征，所以，今天有"龙马精神""快马扬鞭"等寓意美好的成语。"八骏"是汉族传统的吉祥纹样，在不少的典籍中，如王嘉的《拾遗记》、郭璞《穆天子传》也都有八骏的记载。但八骏到底是哪八骏，说法并不一致。《穆天子传》是以马的毛色来命名，如"赤骥"，就是指火红色的马，"白羲"就是纯白色的马。而《拾遗记》则以速度命名，如"一名绝地，足不践土。二名翻羽，行越飞禽"。到了唐代，人们对"八骏图"的推崇达到一种巅峰，常常作诗文描绘"八骏"。例如，白居易《新乐府》中的《八骏图》、元稹的五言古诗《八骏图》、李观的《周穆王八骏图序》等。唐德宗的望云骓马事件直接反映了人们对八骏的推崇。兴元元年（784）三月，李怀光叛乱，唐德宗临幸梁州。元稹在《望云骓马歌》序中记载："德宗皇帝以八马幸蜀，七马道毙，唯望云骓来往不顿，贞元中老死天厩。"李肇《国史补》也提及望云骓："后老死飞龙厩中，贵戚多图写之。"

这些描写"八骏"的图文，共同之处是都把"八骏"奉为神物，强调它神奇的一面。但柳宗元一反常规之论，认为八骏应在普通的马中求得，为后续核心之论奠定基础。

作者先从"八骏图"的来源写起，说明前人的说法都没有事实根据。如前人对"八骏"的描绘，"观其状甚怪，咸若骞若翔，若龙、凤、麒麟，若螳螂然"，三个"若"字表明人们并不能且无法确定"八骏"的形象，而只是根据自己的想象勾勒，并非有确凿的依据，因此古书中的记载不具有参照性。紧接着笔锋一转表示"则其言圣人者，亦类是矣"，运用类比的手法将话题由"八骏"转向"圣人"。列举人们因崇拜之故，认为圣人就与常人迥异，从而想象圣人的模样也与常人不同，"伏羲曰牛首，女娲曰其形类蛇，孔子如倛头"，但这是不正确的理解，同时借孟子的话进行验证：圣人与凡人在外貌上并没有不同。

为了进一步论证自己的上述观点，柳宗元进行了详细而充分的论证。

他还是以马作为类比。今天看到的所有的马，它们在外表上没有任何分别，都是"毛物尾鬣，四足而蹄"，饿了也需要"龁草饮水"，不同的地方在于能力的大小。有的马跑了一里路就流汗，有的跑十里路流汗，有的则可以跑千百里远仍不流汗，所以，即便是善于奔跑的骏马，也不会有什么特别奇怪的样子。实际上，马并不是作者关注的重心，他由马推及人。如果有传说中的骏马，那也只是马，而不会是龙、凤、麒麟等，人因能够胜任的职位不同而有内在的分别，但他们的外在都是一样的脑袋、眼睛，一样吃五谷和肉食。因此，伏羲、女娲、孔子这些圣人的外表也和常人没有分别，不会是牛、蛇，以及像面具一样的东西。"又乌得为牛，为蛇，为倛头，为龙、凤、麒麟、螳螂然也哉?"反问语气进一步强调和肯定了所论观点。

　　文章到这里已经是完整的，但柳宗元强调"文以载道"，做文章不仅仅要就事论事。因此，文章的最后一部分，笔意再次翻转，不再谈论怎样的人才是圣人，而是回到现实社会，加以引申，表达作者择才的观点：贤能之才也要在凡人之中求得，如果认为圣人与常人不同的话，那就永远无法发现圣人。结尾提出独具新意的寻找圣人和"八骏"的方法：将保存的"八骏图"全部烧掉。戏谑之笔却传达出丰富的信息：人们心中已有的"圣人观"根深蒂固，严重阻碍了对圣人的认识和正确用人制度的建立。只有改变这种观念才能从根本上改变现有的用人状况。文章以小见大，形象地批判了当时社会不合理的用人制度，具有强烈的现实意义。

瓶赋

昔有智人①，善学鸱夷。鸱夷蒙鸿②，罍罋③相追。诣诱吉士，喜悦依随。开喙倒腹，斟酌更持。味不苦口，昏至莫知。颓然纵傲，与乱为期。视白成黑，颠倒妍媸。己虽自售，人或以危。败众亡国，流连不归。谁主斯罪，鸱夷之为。

不如为瓶，居井之眉④。钩深挹洁⑤，淡泊是师。和齐五味，宁⑥除渴饥。不甘不坏，久而莫遗。清白可鉴，终不媚私。利泽广大，孰能去之？绠⑦绝身破，何足怨咨。功成事遂，复于土泥。归根反初，无虑无思。何必巧曲，微觊⑧一时。子无我愚⑨，我智如斯。

【注释】

①智人：指西汉学者扬雄。扬雄曾作《酒箴》，说汲水瓶虽然清高淡泊，但处危易碎，不如鸱夷（即装酒的皮囊）。

②蒙鸿：迷迷糊糊、浑浑噩噩的样子。

③罍罂（léi yīng）：泛指各种盛酒器具。

④眉：旁侧，旁边。

⑤钩深挹（yì）洁：向深处提取、舀来洁净的井水。

⑥宁（nìng）：岂止。

⑦绠（gěng）：井绳。

⑧徼觊：非分希求。

⑨子无我愚：你们不要以为我愚蠢。

【赏读】

　　赋的特点是"铺采摛文，体物写志"。柳宗元在永州写了不少骚赋来抒发情志，人称"九赋""十骚"。其成就之高，为后人所景仰。明人王文禄就直言："柳赋，唐之冠也。"林纾也认为："柳州诸赋，摹楚声，亲骚体，为唐文巨擘。"

　　本文就是一篇赋。全赋对比强烈，爱憎分明，短小却精悍，言辞清爽通畅，寓意深远。柳宗元将"鸱夷"比作没有一定原则、善于投机取巧、肆意制造昏乱的宵小之徒；而对"居井之眉"的汲水瓶大加褒扬，并将之喻为"清白可鉴""利泽广大"的正直清白、舍人利己之士。

　　赋文从"昔有智人，善学鸱夷"起笔。"智人"即指扬雄。扬雄是西汉著名的文学家，曾作《酒箴》。他在

《酒箴》中认为鸱夷盛的是美酒，而汲水瓶装的是水，且鸱夷"托于属车，出入两宫"，汲水瓶则"处高临深，动而近危"，故认为瓶"不如鸱夷"。当然，扬雄的本意是谴责那些如鸱夷一样趋炎附势的小人，而坚守原则如汲水瓶者却容易落得粉身碎骨的结果。柳宗元则从另一个角度提出自己的看法。"鸱夷蒙鸿，罍罃相追。诡诱吉士，喜悦依随"，写鸱夷凭着容积大使大大小小的酒杯都追随着它，善良的人们迷恋着那香甜可口的酒浆，也心甘情愿地与它亲近。沉迷琼浆玉液的后果是醉态百出，放纵倨傲，甚至使人"视白成黑，颠倒妍媸"。不分黑白、颠倒美丑正是鸱夷所带来的恶果。作者通过否定鸱夷，对那些只顾自己利益、祸害朝廷，以权谋私、祸害百姓的官宦贵族的丑陋行为进行了抨击，厉声指责他们一味迷恋于美酒，以致军队溃散、国家衰亡，却仍然不知醒悟的恶行。

而"居井之眉"的汲水瓶更为可贵。汲水瓶能够提取井中的清水，清水虽淡，味道并不甘甜，却与人无害，而且还能为五味的调和做出贡献。它清白可鉴，不会做那些向人献媚讨好的事。作者以反问的口吻肯定了瓶的"利泽广大"，坦言自己将汲水瓶那种淡泊的情操当作自己处事的原则，对瓶可谓是极尽赞叹。但作者并没有就此停止对瓶的赞赏。相比危害他人的鸱夷，瓶还能够做到舍己为人，即便是"绠绝身破"，也在所不惜。这就明显不是论瓶，而是论人了。作者的立场十分坚定，通过如此强烈的对比，肯定了为社会进步、国家强盛宁愿"身破"而未足"怨咎"的执着精神。

章士钊在《柳文指要》中写道："永贞既败，八司马齐贬，而退之之恨柳刘也滋甚，君子读到'贩众亡国，流连不归'之句，而试将退之永贞行诸作，比量齐观，将不禁太息孔子欲立立人、欲达达人之说，律于人而竟不然。"这便是结合作者经历对其创作心态的细腻揣摩。结合作者在赋文最后一句写道，"子无我愚，我智如斯"，便可以体会出作者革新失败被贬永州，也几乎是"绠绝身破"，却仍然彰显出无怨无悔的决绝姿态。

牛赋

　　若知牛乎？牛之为物，魁形巨首。垂耳抱角，毛革疏厚①。牟然而鸣，黄钟满脰②。抵触隆曦③，日耕百亩。往来修直，植乃禾黍。自种自敛，服箱以走。④输入官仓，己不适口⑤。富穷饱饥，功用不有。陷泥蹶块，常在草野。人不惭愧，利满天下。皮角见用，肩尻⑥莫保。或穿缄縢⑦，或实俎豆⑧。由是观之，物无逾者⑨。

　　不如羸驴，服逐驽马。曲意随势⑩，不择处所。不耕不驾，藿菽自与⑪。腾踏康庄，出入轻举。喜则齐鼻⑫，怒则奋踯⑬。当道长鸣，闻者惊辟。善识门户，终身不惕⑭。

　　牛虽有功，于己何益？命有好丑，非若能力。慎勿怨尤，以受多福。

【注释】

　　①毛革疏厚：即"毛疏革厚"，毛稀疏而皮厚。

②黄钟满胿（dòu）：喉间充满黄钟般洪亮的声音。胿，颈项，喉咙。

③抵触隆曦：头顶烈日。

④"自种"二句：意为参与播种到收获的全过程，连运粮车也要靠它拉走。

⑤己不适口：意为它自己却没有吃到一口。

⑥肩尻（kāo）：肩膀和屁股。借指人或牲畜的全体。

⑦或穿緘縢：指牛皮被绳索贯穿缝制成各种用品。

⑧或实俎豆：指牛肉被装在各种祭器餐具里作为祭品或食物。

⑨物无逾者：世间万物没有能比它更有用的了。

⑩曲意随势：委曲奉承，趋炎附势。

⑪藿菽自与：自然有人给它豆叶、豆子食用。

⑫齐鼻：指抬头。人或动物，平时鼻子朝下，抬头时，鼻梁呈水平状，故称。

⑬蹢（zhí）：蹬踢。

⑭"善识"二句：意为善于识别门户高低以投靠，所以终身不用担惊受怕。

【赏读】

本文与《谪龙说》一样，都是自喻之作。作者把牛与羸驴放在一起比较，通过层层鲜明的对照，充分体现出二者的特征与各自的处境。全文皆以四言成句，语言朴实无华，暗讽时弊，也表达出对自身命运多舛的感叹与自伤。

文章以问句始，凸显了写作的主要对象——牛。牛是生活中的常见之物，大家再熟悉不过了，有什么可写的呢？看上去是全面铺开，实际上作者有选择性地对牛的外形、劳作、功用进行了刻画和展示，以便与后文的驴形成对照，进而更好地表达写作用意。

第一层对比牛的功劳之大与处境之差。"牛之为物，魁形巨首。垂耳抱角，毛革疏厚。"短短十六字，塑造了牛的重要特征：高大、耐劳。牛之叫声——"牟然而鸣，黄钟满腔。"声音浑厚沉实，不免让人联想到牛之品行忠厚。再从直接的观感，延及其劳作之苦和索求之少。"抵触隆曦，日耕百亩"，每天都要顶着烈日，耕种近百亩的田土。收获的季节还要"服箱以走"，以致时常"陷泥蹶块，常在草野"。这么辛苦劳作却"己不适口"，"富穷饱饥"却"功用不有"，它可以使穷的人富了，饿的人饱了，自己却不要半点酬劳。不仅如此，最后是"皮角见用，肩尻莫保。或穿緘滕，或实俎豆"。生时勤苦，死尽其用，作者不禁给予牛最高的赞美——"物无逾者"！

驴又是怎样的呢？作者选择的角度正好和选择牛的内容进行了对比，这是第二层。和牛的独立、忠厚不同，驴"服逐驽马。曲意随势，不择处所"，紧紧跟随劣马，趋炎附势，任何地方都可以依附投靠。牛勤勉劳苦，待遇很差；驴却是"不耕不驾，藿菽自与"，不劳而获，而且因为"善识门户"，可以随意地"当道长鸣"。这里羸驴的形象和那些不劳无功、趋炎附势、依傍权贵、飞扬跋扈的小人们何其相似！不平之气跃然纸上。

作者扬牛抑驴，情感由赞而怒，最后又由怒转悲："命有好丑，非若能力。慎勿怨尤，以受多福。"命运的好坏并不是能力可以改变的，那就不要埋怨，只能等待老天的赐福了。多少的无奈、多少的悲苦尽在其中！

有人认为这是作者以牛自喻，是有一定道理的。作者被贬永州，渴望返京，却又无力回天。十年之后，渐至无奈，如同耕牛一样，有功于世，却无益于己，故发些"感愤之辞"。但章士钊认为"子厚不肯为己夸张到此""此赋为叔文写照以此"，这就又是一说了。只是"子厚为问，善于持喻，然其妙处，在分寸不溢"，若从"利满天下"来看，作者所指不一定是具体的某个人，而是借此寓说自己阵营里的这些改革派，或更为合理。只是不论所指为谁，柳宗元的爱憎与追求已经非常明了了。

囚山[①]赋

　　楚越之郊环万山兮，势腾踊夫波涛。纷对回合仰伏以离迤兮[②]，若重墉[③]之相襃[④]。争生角逐上轶旁出兮，其下坼裂而为壕。欣下頹以就顺兮，曾不亩平而又高。[⑤]沓[⑥]云雨而渍厚土兮，蒸郁勃其腥臊[⑦]。阳不舒以拥隔[⑧]兮，群阴冱而为曹[⑨]。侧耕危获苟以食兮，哀斯民之增劳。攒[⑩]林麓以为丛棘兮，虎豹咆嘷[⑪]代狴牢[⑫]之吠嗥。胡井眢以管视兮，穷坎险其焉逃。[⑬]顾幽昧[⑭]之罪加兮，虽圣犹病夫嗷嗷。匪兕吾为柙兮，匪豕吾为牢。[⑮]积十年莫吾省者兮，增蔽吾以蓬蒿。[⑯]圣日以理兮，贤日以进，谁使吾山之囚吾兮滔滔？[⑰]

【注释】

　　①囚山：被囚禁于山中。

　　②"纷对"句：形容山势曲折错乱、高低起伏等各种样子。离，离散，分开。迤（liè），拦阻，遮挡。

　　③墉（yōng）：城墙。

④襃：高大，广大。

⑤"欣下"二句：意为刚要为它下坡平顺而欣喜，而它竟又不安于平坦，高了上去。

⑥杳：会合。

⑦蒸郁勃其腥臊：形容当地臭气浓郁、湿热蒸腾。

⑧拥隔：阻隔。

⑨群阴冱（hù）而为曹：各种阴气凝合聚结而成群。冱，凝聚。

⑩攒（cuán）：聚集。

⑪咆㘚（hǎn）：咆哮吼叫声。

⑫狴（bì）牢：牢狱。狴，传说中的恶兽，其像常绘于狱门上，故称。

⑬"胡井"二句：意为处身此地好比是坐在枯井里看天，历尽艰险也无处可逃。瞉（yuān），眼枯不明，比喻井枯无水。

⑭幽昧：不明不白。

⑮"匪兕（sì）"二句：意为我不是犀牛野猪，却被关在牢笼里。兕，类似犀牛的猛兽。柙（xiá），关野兽、牲畜的笼子。

⑯"积十年"二句：意为十年来没有人来看望过我，只有遮蔽我的蓬蒿越来越多。

⑰"圣日"三句：意为天下一天天太平，贤人一天

天上进，但谁使我被囚禁此山的日子滔滔无期呢？

【赏读】

此赋作于唐宪宗元和九年（814），是时柳宗元谪居永州已十年。柳公此篇一改六朝和盛唐山水诗人以山水自然为皈依的文学传统，将众山视为牢狱、森林视为绳索、虎豹视为狱卒、自身即为囚徒，借由山水自然的凶险荒芜，以骚赋抒怀，表达对劳苦大众艰难生活的同情，以及自己遭到无妄贬谪的悲愤。

全篇不足200字，然字字渗透着险恶。首先，是环境的可怕瘆人。"楚越之郊环万山兮，势腾踊夫波涛……争生角逐上轶旁出兮，其下坼裂而为壕"，描摹出永州万山环绕、奇峰峻岭、峰峦如聚的自然环境。这本也是一处幽美之地，作者在《永州八记》已有了很多的刻画，但是作者于此并非要表达一种认同或是喜悦，而是为"囚"做准备。这样的一种地理环境，不就是如同现实的囚笼一般吗？当然作者并没有一下就点出"囚笼"二字，而是进一步说明这样的地理位置会带来什么样的必然结果。"欣下颓以就顺兮，曾不亩平而又高……侧耕危获苟以食兮，哀斯民之增劳"，不像平原地区，这里的崇山峻岭缺乏可耕种的土地，即使有零星的一点，也是阳光不足、阴气逼人，又怎么会有好的收成呢？民生之艰难，可见一斑。对此般自然山水的描述，柳公在《与李翰林建书》中也有所提及："涉野有蝮虺、大蜂，仰空视地，寸步劳倦；近水即畏射工沙虱，含怒窃发，中人形影，动成疮痏"，从中足以反映出当时那片土地的原始荒僻、艰险孤寂。作者不禁"哀斯民之增劳"，柳公心疼百姓，自己又何尝不是如此呢？"穷坎险其焉逃"，即使是到了群山外面也没有地方可逃，这就不只是心疼，而是一种发自内心的绝望了。

也许柳公原以为被贬至这人迹罕至的地方，也就是三两年的放逐，却不曾想，一贬就是十年！在这十年光景中，绝大多数时间是自己一个人孤苦伶仃处在万山丛中，像兽一样被关在牢柙里。"顾地窥天，不过寻丈，终不得出。"（《与李翰林建书》）所以也能够理解为什么柳公会一改"永州八记"中对山水的美好寄寓，而产生山水囚牢、急于逃脱的想法了。山水之险，不仅在现实层面上为我们直观展示了环境的真实情状，且为下文的囚笼之感、逃离之念做了铺垫；而时间之长，即使是曾"以朝市为樊笼"，从而对田园山水产生向往之情的人，也会生出"厌山不可得而出，怀朝市不可得而复，丘墼草木之可爱者，皆陷阱也"之感。柳宗元不是不爱山水，最起码从"永州八记"来看，他是爱的；但因为自己是贬谪之人、戴罪之身，虽然寄情山水能够给予他暂时的抚慰，但周遭环境的荒僻、险恶常常使他不能舒心快活。又或者说，这样的自然环境是否也是中唐险恶政治环境的一种影射呢？

作者不无悲愤地说："匪兕吾为柙兮，匪豕吾为牢。"我不是兕，但被关到了木笼里；我也不是猪，却被关进了牢圈！而且"积十年莫吾省"，整整十年也没有人过问。"圣日以理兮，贤日以进，谁使吾山之囚吾兮滔滔"，揭示了作者为文的真正用意：既然时代是圣理贤进，而自己既"匪兕"，又"匪豕"，为什么还是被"幽昧之罪加兮"？

表面上作者是在厌弃山水，但实际上他是将自己的愤懑向山水发泄。他真正想批判的，是山水背后隐藏的残酷无情、不辨善恶的官场制度！只不过这一声呐喊，终究被时代洪流所淹没而无声无息罢了。

骂尸虫①文并序

　　有道士言："人皆有尸虫三，处腹中，伺人隐微失误，辄籍记②。日庚申，幸其人之昏睡，出谗于帝以求飨。以是人多谪过、疾疠、夭死。"柳子特不信，曰："吾闻聪明正直者为神。帝，神之尤者，其为聪明正直宜大也。安有下比阴秽小虫，纵其狙诡③，延其变诈，以害于物，而又悦之以飨？其为不宜也殊甚！吾意斯虫若果为是，则帝必将怒而戮之，投于下土，以殄④其类，俾夫人咸得安其性命而苛慝⑤不作，然后为帝也。"余既处卑，不得质之于帝，而嫉斯虫之说，为文而骂之：

　　来，尸虫！汝曷不自形其形？阴幽跪侧而寓乎人，以贼⑥厥灵。膏肓⑦是处兮，不择秽卑；潜窥默听兮，导人为非；冥持札牍兮，摇动祸机；卑陬⑧拳缩兮，宅体险微⑨。以曲为形，以邪为质；以仁为凶，以僭⑩为吉；以淫诬谄诬为族类，以中正和平为罪疾；以通行直遂为颠蹶⑪，以逆施反斗⑫为安佚。谮下谩上，恒其心术,^⑬妒人之能, 幸人之失。利昏伺睡, 旁睨窃出, 走谗于帝, 遽入自屈。^⑭幂^⑮然无声, 其意乃毕。求味己口, 胡人之恤!^⑯彼修蛔恙心,^⑰短蛲穴胃,^⑱外搜疥疠, 下索瘘痔, 侵人肌肤, 为己得味。世皆祸之, 则惟汝类。良医刮杀, 聚毒攻饵。旋^⑲死无余, 乃行正气。汝虽巧能, 未必为利。帝之聪明, 宜好正直, 宁悬嘉飨, 答汝谗慝^⑳? 叱付九关^㉑, 贻虎豹食。下民舞蹈, 荷帝之力。是则宜然, 何利之得! 速收汝之生, 速灭汝之精。蓐收^㉒震怒, 将敕雷霆, 击汝酆都^㉓, 糜烂纵横。俟帝之命, 乃施于刑。群邪殄夷, 大道显明, 害气永革, 厚人之生, 岂不圣且神欤!

　　祝曰: 尸虫逐, 祸无所伏, 下民百禄。惟帝之功, 以受景福^㉔。尸虫诛, 祸无所庐^㉕, 下民其苏^㉖。惟帝之德, 万福来符。臣拜稽首, 敢告于玄都。

【注释】

　　①尸虫: 道教所谓寄居人体的虫, 又称三彭、三尸神。《太清玉册》卷八: "上尸彭倨名青姑, 伐人目, 居人头, 令人多欲好车马; 中尸彭质名白姑, 伐人五脏, 居人腹, 令人好食轻恚怒; 下尸彭矫名血姑, 伐人胃命, 居人足, 令人好色喜杀。" 但文中又语及蛔虫、蛲虫等, 似乎作者将之视为一类了。

②籍记：登记姓名于簿册上。下文的"札牍"，即此。

③狙诡：奸诈。

④殄（tiǎn）：灭，绝。

⑤苛慝（tè）：疾病蛊毒。苛，通"疴"。

⑥贼：伤害，陷害。

⑦膏肓：古代医学以心尖脂肪为膏，心脏与膈膜之间为肓。因指人体要害之处。

⑧卑陬：自惭形秽的样子。

⑨宅体险微：把自己藏在狭隘幽暗之处。

⑩僭：非分，过分。

⑪颠蹶：动荡不平的样子。此处引申为危险。

⑫反斗：反目争斗。

⑬"谮下"二句：意为对下诽谤、对上欺骗是其一贯的心术。

⑭"走谗"二句：意为快快跑到天帝那里谗言，完事后急忙钻回人体曲身隐藏。

⑮幂：覆盖。

⑯"求味"二句：意为只求满足自己口味，哪里会体恤他人！

⑰修蛔恙心：长长的蛔虫让人的心得病。

⑱短蛲穴胃：短短的蛲虫把人的胃穿孔。

⑲旋：旋即，快速。

⑳谗慝：邪恶奸佞。

㉑叱付九关：大声呵斥着把你们赶出九重天门。

㉒蓐收：古代传说中的西方神名，司秋，掌刑法。

㉓酆都：道教传说中，有罗酆山洞天六官为鬼神治事之所，后逐渐附会为今四川丰都县。

㉔景福：洪福，大福。

㉕庐：居处，寄身。

㉖苏：复活，解救。

【赏读】

本文是一篇寓言性的讽刺小赋。文章以"骂"字为题目首字，作者类似这样，以动词作为题目首字的文章不在少数，如《憎王孙文（并序）》《宥蝮蛇文》《诉螭文（并序）》等，这些文章多呈现出刚劲强健的风格和强烈的情感倾向。本文借尸虫的丑陋、天帝的是非不分，讽喻官场那些妒忌贤能、阴险歹毒、为非作歹的官员和昏聩无能的统治者。

文章的第一部分是文章的序，借道士之口讲述一个道教传说。《酉阳杂俎》记载人有三尸："三尸一日三朝。上尸清姑，伐人眼；中尸白姑，伐人五脏；下尸血姑，伐人胃。""庚申日，伏尸言人过。"这三类的尸虫居人体内残害人身体，还会向天帝进谗言。柳宗元在文中说，天帝作为最杰出的神明不会相信尸虫所说，自己因身份卑微不得向天帝言明，只能做文章咒骂尸虫。实际上，作者是很善于借助外物进行类比，从而达到批判或是议论的目的。他在《答韦中立论师道书》中就说过"参之《离骚》以至其幽"，表明柳宗元在这方面的坚持。章士钊即指出："子厚诸骚，皆有所寓而作，绝非无病呻吟，惟骂尸虫亦然。"可见，这里柳宗元是以尸虫作比，看似咒骂尸虫实际也是另有所骂。

　　既然是骂，那就应当有可骂之处。接下去，作者主要陈说尸虫的种种罪行，对其进行深刻地揭露和批判。作者首先用"来，尸虫！汝曷不自形其形？"来发泄自己内心的愤怒，丝毫不加掩饰。

　　接下来做的第一件事就是对尸虫进行剥皮，披露其罪恶形象，具体包括尸虫的处所、言行、外貌。紧接着由表及里对尸虫的丑恶本质进行描写，作者连用八个"以"字描述尸虫的罪行，深入尸虫的灵魂内部，环环紧扣，一气呵成。在介绍完尸虫丑恶外形和阴暗的内在灵魂之后，作者对其罪行又进行近距离的刻画。"利昏伺睡，旁睨窃出，走谗于帝，遽入自屈"，仅仅十六个字就把尸虫的形迹展现得入木三分。"伺""睨"形象地写出尸虫鬼鬼祟祟的行动状态，"走""遽"把尸虫进谗言时的动作、神态刻画得细致入微，惊慌失措的神态跃然纸上。作者用"良医刮杀，聚毒攻饵。旋死无余，乃行正气"道出尸虫自寻死路的宿命。以上种种既是在写传说中的尸虫，也是在写现实存在的奸佞小人。无论是形象还是结局，都是官场谄媚邪恶小人的象征，作者用文字表达了自己难以抑制的鄙视和愤恨。最后作者发挥想象，描写天帝对尸虫的惩罚。想象中天帝的英明与现实中统治者的昏庸形成了鲜明的对比，以颂为讽，表现了作者对现实深深的不满。

最后一部分为作者对天帝的祝祷，借此表达自己对统治者寄寓的希望。在感慨之中盼望统治者能够分辨忠奸，对奸佞小人严惩不贷。从这里可以看出，即使遭贬谪身处困境，作者对改革仍抱有幻想。

文章在继承楚辞比兴手法的基础上，也呈现出自己的特色。如篇幅简短，语言精练，不同于楚辞的反复言说。楚辞的比兴往往只是进行简单的类比，不对类比之物展开具体详细的描写，而本文则从多个角度着重刻画尸虫。柳宗元在骚体文创作方面有很高的造诣。五代刘昫总结其骚体文的创作时评介："既罹窜逐，涉履蛮瘴，崎岖堙厄，蕴骚人之郁悼。写情叙事，必动以文，为骚文数十篇，览之者为凄恻。"本文即为其中非常具有代表性的一篇。

哀溺文并序

永之氓①咸善游。一日，水暴甚，有五六氓乘小船绝湘水。中济，船破，皆游。其一氓尽力而不能寻常②。其侣曰："汝善游最也，今何后为？"曰："吾腰千钱，重，是以后。"曰："何不去之？"不应，摇其首。有顷，益怠。已济者立岸上，呼且号曰："汝愚之甚！蔽③之甚！身且死，何以货为？"又摇其首，遂溺死。吾哀之。且若是，得不有大货之溺大氓者乎？于是作《哀溺》。

吾哀溺者之死货兮，惟大氓之为忧。洪涛鼓以风涌兮，浩混荡④而无舟。不让禄以辞富兮，又旁窥而诡求。手足乱而无如⑤兮，负重逾乎崇丘。既浮颐而灭臂⑥兮，不忍释利而离尤⑦。呼号者之莫救兮，愈摇首以沉流。发披鬖以舞澜⑧兮，魂怅怅而焉游？龟鼋互进以争食兮，鱼鲔族而为羞⑨。始贪赢以啬厚兮，终负祸而怀仇。前既没而后不知惩兮，更揽取而无时休。哀兹氓之蔽愚兮，反贼已而从仇。不量多以自谏兮，姑指幸者而为谋。⑩

　　夫人固灵于鸟鱼兮，胡昧爵而蒙钩⑪！大者死大兮，小者死小。善游虽最兮，卒以道夭⑫。与害偕行兮，以死自绕。推今而鉴古兮，鲜克以保其生。衣宝焚纣⑬兮，专利灭荣⑭。豺狼死而犹饿兮，牛腹尸而不盈⑮。民既贸贸⑯而无知兮，故与彼咸谥为氓。死者不足哀兮，冀中人⑰之为余再更⑱。噫！

【注释】

　　①氓（méng）：民众，草民。

　　②寻常：古代长度单位。八尺为寻，一丈六尺为常。

　　③蔽：昏聩，糊涂。

　　④滉（huàng）荡：水摇晃波动的样子。

　　⑤无如：不知所向，无所归依。

　　⑥浮颐而灭膂（lǚ）：头还浮在水面而身体已经沉没。膂，背椎骨。此处引申为身体。

　　⑦离尤：遭祸。

　　⑧发披纕（ráng）以舞澜：头发披分散乱着在波澜中漂浮舞动。

　　⑨羞：通“馐”，美食。

　　⑩“不量”二句：意为没有充分估计问题的严重性来劝诫自己，而只是姑且心存侥幸。

⑪昧尉（wèi）而蒙钩：糊里糊涂地入了网上了钩。尉，捕鸟的小网。

⑫道夭：半道上夭亡。

⑬衣宝焚纣：《史记·殷本纪》载，武王伐纣，"纣兵败。纣走入，登鹿台，衣其宝玉衣，赴火而死"。

⑭专利灭荣：语出《国语·周语》："荣公好专利而不知大难。"荣，指周厉王的宠臣荣夷公。

⑮牛腹尸而不盈：牛到死了肚子还是没有吃饱。

⑯贸（móu）贸：昏庸糊涂的样子。

⑰中人：中等之人，普通人。

⑱更：改变观念。

【赏读】

这是一篇寓言骚体文。林纾认为本文与《蝜蝂传》同一命意，这是有道理的。比照两文可以发现，二者不论是从主题还是行文结构上都很相似。《蝜蝂传》直指"世之嗜取者"，本文亦指过分贪求财物、至死还不能醒悟者。不同之处在于结构的后半部分，两文前半部分皆为寓言，借以言事；《哀溺文》后半部分则以骚体抒怀。

寓言故事虽短，但寥寥数语却能形成颇有曲折的事件，整个过程刻画得非常生动，前后照应得很好。

第一句"永之氓咸善游"先定条件，这个条件很关

键，点明每个人的水性都很好，为后文矛盾的产生奠定
了基础。如此，即便是"中济，船破"也无妨。此处加
上"皆游"，总共只用了六个字，就概括了险象环生的整
个过程，用笔之简省，令人叹服。当然，遇险的过程并
不重要，故可一笔带过。但是，"尽力而不能寻常"这就
与"咸善游"相违了，这是第一层的矛盾和悬念。接着
通过旁人的问话，使矛盾凸显，悬念拉大——"汝善游
最也，今何后为？"这个落后的男子原本是最擅长游泳
的，这是怎么回事呢？大家的善意提醒，本来可以避免
悲剧的产生。善游者显然是知道问题的所在，还能够很
从容地回答："吾腰千钱，重，是以后。"这样一句完整
的回答，似乎完全没有意识到危险。但他仍然非常固执
地拒绝他人"何不去之"的建议，只是这个时候他已经
没有力气回答他人的问话了，以"摇其首"回应众人的
关切。这使得情势更为紧张，上岸的人在大声呼号，力
劝其将千钱去之，对方还是"摇其首"，终带着腰间的千
钱沉入河底。至此，我们才明白，这个善游之氓根本就
不是不知道危险，而是要坚决与钱财共存亡，即使豁出
性命也在所不惜！其贪如此、其愚如此，令人讶异。

　　文章就这样重重铺垫，层层对比，有悬念、有伏笔，
细节处处见匠心，描绘出了一个爱钱甚于生命的蠢人形
象。这个寓言本就可以让人唏嘘不已，但作者并没有局

限于此，他提出了更高一层认识："且若是，得不有大货之溺大氓者乎？"这就从个人悲剧引申到了社会生活。故林纾说此句"语极沉重"，是全文"最有力量、最透辟者"。

当然，前面的寓言是序，后文的骚体文才是正文。

骚赋利抒情，且多声色文采。其色养目，其声悦耳，其情真挚。柳宗元是写骚赋的能手。明人宋濂作《渊颖先生碑》说："古之赋学专尚音，必使宫商相宣，徵羽迭变。自宋玉而下，唯司马相如、扬雄、柳宗元，能调协之。"赋在汉代盛极一时，司马相如、扬雄皆汉代著名的赋家，司马相如还是汉代大赋的奠基者和成就最高的代表作家。宋濂将柳宗元与二者并列，赞誉甚高。

骚体文的前两句就点明了此文之意图："吾哀溺者之死货兮，惟大氓之为忧。"哀怜那个为钱物淹死的人，更为那些（贪求钱财）的大人物担心。行文由此开始转向——"不让禄以辞富兮""手足乱而无如兮"，罗列出了这类人穷其一生、不择手段去追求禄利的种种丑态，也写出了这些人与溺死之氓共通的危险处境——"既浮颐而灭礜兮，不忍释利而离尤。呼号者之莫救兮，愈摇首以沉流"以及"龟鼋互进以争食兮"这样一种最终被鱼虾吞食的可悲下场。

这里的情感与逻辑结合得天衣无缝，不是平面的抒情，而是由现象到结局，继而分析其中的原因："始贪赢以啬厚兮，终负祸而怀仇。"情中析理，层层推进。后一段议论的色彩更为鲜明，一方面用了商纣王和荣夷公的史实，揭示出追逐名利而致悲剧下场的大人物早已有之，以让后来人引以为戒；另一方面，以豺狼和牛为喻，揭示出"小利淹死小人物"也大有人在，这样一来，文章在说理上就更为完整而且雄辩了。

敌戒

　　皆知敌之仇，而不知为益之尤；皆知敌之害，而不知为利之大。秦有六国，兢兢以强，六国既除，訑訑①乃亡。晋败楚鄢，范文为患；厉之不图，举国造怨。②孟孙恶臧，孟死臧恤；药石去矣，吾亡无日。③智能知之，犹卒以危；矧④今之人，曾不是思！敌存而惧，敌去而舞，废备自盈，祇益为瘉。⑤敌存灭祸，敌去召过。有能知此，道大名播。惩病克寿，矜壮死暴。⑥纵欲不戒，匪愚伊耄⑦。我作戒诗，思者无咎⑧。

【注释】

　　①訑（yí）訑：扬扬自得的样子。

　　②"晋败楚鄢"四句：典出《左传·成公十六年》。春秋时，晋国与楚国在鄢陵（在今河南许昌）交战。战前，晋国大夫范文子认为，有外患并非坏事，否则"外宁必有内忧"，因此反对交战。他的意见当然不会被采纳。果然，晋国虽然打败了楚国，但次年，鄢陵之战的

主将栾书设计挑拨，先使晋厉公杀了战功显著的三位郤氏将领，后又与同伙合谋杀了晋厉公及其亲信，迎立厉公之侄姬周为新君（晋悼公）。

③"孟孙恶臧"四句：典出《左传·襄公二十三年》。鲁国大夫孟孙憎恶臧孙，但臧孙认为这对自己有好处。孟孙死了，臧孙哭着说："孟孙之恶我，药石也。……孟孙死，吾亡无日矣！"

④矧（shěn）：况且。

⑤"废备"二句：废弃戒备，只会更招祸害。秖（zhī），同"祇"。用作助词。只，但。瘉（yù），病，灾难。

⑥"惩病"二句：以病为戒，就能长寿；自恃强壮，死亡就会突然降临。克寿，长寿。

⑦匪愚伊耄：不是愚蠢就是糊涂。伊，就是，即。

⑧咎：灾祸。

【赏读】

本文篇幅简短，仅有144字，然借古讽今，以深刻的辩证思想，阐明了对立事物的共生关系，提出"敌存灭祸，敌去召过"这一观点。此观点与思想即便放在当下，也不无警戒作用。章士钊对本文评价很高，认为："评者至称诸篾，此《敌戒》为第一。"

　　文章开头从辩证的角度提出了总论点。用两个"皆知",来说明敌对事物的危害是人所共知的。同时,以两个"不知",强调敌对事物与危害共生还有很大的"利"与"益",这样的转折和观点,旗帜鲜明也令人耳目一新。

　　接着以四言韵文的方式对此观点进行论证。作者深知事实胜于雄辩的效果,论证初始,即以人们熟知的三个史料进行佐证。所举史料由上至下,有国家有个人,有正面有反面。例子不多,但很有说服力。柳宗元先举了秦国的例子。秦以一方诸侯之力,从公元前230年攻打韩国开始,到公元前221年灭齐国,同心协力、励精图治,用了十年的时间先后消灭了韩、赵、魏、楚、燕、齐六国,结束了自春秋以来长达五百多年的诸侯纷争的局面,建立了中国历史上第一个大一统的中央集权封建王朝。但是,如此强大的秦王朝却只经历两帝一王的短寿国祚。六国灭而忧患除,骄心渐起、肆无忌惮、遂致亡国。国家如此,君王亦如此。晋厉公早期颇有作为,先是麻隧之战大败秦军,而后鄢陵之战击败楚国;之后不思进取,弄得怨声四起,三年后祸起萧墙,死后只有一辆车来陪葬。晋厉公由盛而亡,只用了短短的八年时间,也是敌之不存的结果。上述两例,皆为反例。孟孙死而臧孙哭,则为正例。臧孙熟知对手对于自己的重要性。政治对手孟孙一死，臧孙哭着说："孟孙之恶我，药石也……孟孙死，吾亡无日矣！"故柳公感叹臧孙："智能知之，犹卒以危。"此皆以古衬今，批判今人对待敌人"曾不是思"的错误态度。

这里体现了朴素的辩证法思想，即矛盾双方既对立又统一，两者在矛盾统一中相互对立、相互依存、相互促进，共同推动事物的发展。所以没有敌对事物的存在，思想就会懈怠，个人或团体就会止步不前，甚至招致致命过错。这与孟子所说的"生于忧患，死于安乐"的意思异曲同工，都强调忧患意识的重要性。

三戒并序

　　吾恒恶世之人，不知推己之本[①]，而乘物以逞[②]，或依势以干[③]非其类，出技以怒强，窃时以肆暴，然卒迫于祸。有客谈麋、驴、鼠三物，似其事，作《三戒》。

临江之麋

　　临江[④]之人，畋[⑤]得麋麑[⑥]，畜之。入门，群犬垂涎，扬尾皆来。其人怒，怛之。自是日抱就犬，习示之，使勿动，稍使与之戏。积久，犬皆如人意。麋麑稍大，忘己之麋也，以为犬良我友，抵触偃仆，益狎。犬畏主人，与之俯仰[⑦]甚善，然时啖其舌[⑧]。三年，麋出门，见外犬在道甚众，走欲与为戏。外犬见而喜且怒，共杀食之，狼藉道上，麋至死不悟。

黔之驴

　　黔无驴，有好事者船载以入。至则无可用，放之山下。虎见之，厖然⑨大物也，以为神。蔽林间窥之，稍出近之，慭慭⑩然莫相知。他日，驴一鸣，虎大骇，远遁，以为且噬己也，甚恐。然往来视之，觉无异能者。益习其声，又近出前后，终不敢搏。稍近，益狎，荡倚冲冒，驴不胜怒，蹄之。虎因喜，计之曰："技止此耳！"因跳踉大㘎，断其喉，尽其肉，乃去。

　　噫！形之厖也类有德，声之宏也类有能。向不出其技，虎虽猛，疑畏，卒不敢取。今若是焉，悲夫！

永某氏之鼠

　　永有某氏者，畏日⑪，拘忌异甚。以为己生岁直子⑫，鼠，子神也。因爱鼠，不畜猫犬，禁僮勿击鼠。仓廪庖厨，悉以恣鼠不问。由是鼠相告，皆来某氏，饱食而无祸。某氏室无完器，椸⑬无完衣，饮食大率鼠之余也。昼累累与人兼行，夜则窃啮斗暴，其声万状，不可以寝，终不厌。数岁，某氏徙居他州。后人来居，鼠为态如故。其人曰："是阴类恶物也，盗暴尤甚，且何以至是乎哉！"假⑭五六猫，阖门撤瓦，灌穴，购⑮僮罗捕之。杀鼠如丘，弃之隐处，臭数月乃已。

　　呜呼！彼以其饱食无祸为可恒也哉！

【注释】

　　①推己之本：推究自身的实际能力。

　　②乘物以逞：凭借外物以逞强。

　　③干：冒犯。

　　④临江：地名。或为今四川忠县。

　　⑤畋（tián）：打猎。

　　⑥麋麑（mí ní）：幼小的麋鹿。

　　⑦俯仰：一举一动。此处泛指日常各种行为举动。

　　⑧唼其舌：舔舌头。唼，食，吃。此处引申为"舔舌头"。这是犬想吃东西时的习惯动作，说明犬仍想咬食麋鹿。

　　⑨尨然：高大的样子。尨，通"庞"。

　　⑩慭（yìn）慭：警惕戒备的样子。

　　⑪畏日：害怕触犯日忌。古人迷信，认为某些年、月、日不宜做某种事情，称为日忌。

　　⑫直子：正逢子年。子，十二地支之一，与十二生肖之鼠相配。

　　⑬椸（yí）：衣架。

⑭假：借。

⑮购：重金雇佣。

【赏读】

《论语·季氏》记孔子说："君子有三戒。"柳宗元取之命题并为文。当然，孔子所言"三戒"是指："少之时，血气未定，戒之在色；及其壮也，血气方刚，戒之在斗；及其老也，血气既衰，戒之在得。"而柳宗元所言"三戒"，乃是借三个寓言告诫世人不要像文中所写麋、驴、鼠一样"乘物以逞""依势以干非其类"，或"出技以怒强"或"窃时以肆暴"，否则终将遭遇灭顶之灾。

这三篇寓言善于抓住所写动物的物类特征，绘声绘色，惟妙惟肖。作者合理地运用比喻、拟人、象征等艺术手法，通过麋、驴、鼠这些动物形象，将三篇既相对分离又整体关联的寓言很好地结合起来，给我们展示出恃宠而立、外强中干、肆意妄为三类人的丑陋面目，因而具有深刻的批判性和强烈的讽喻性，具有重要的认识价值和不朽的艺术魅力。

《临江之麋》的妙处在于作者借临江人之手，将麋和犬两种天生敌对的动物放在一起，在欲使矛盾融合的过程中展示出悲剧性的结果，从而实现寓言的警戒意义。幼麋刚来时，"群犬垂涎，扬尾皆来"，后来麋犬怎么能够相安无事呢？原因很简单，就是临江之人宠爱幼麋，"日抱就犬"，使之与群犬嬉戏。而群犬虽"俯仰甚善"，甚至"时啖其舌"，但由于"犬畏主人"，始终不敢造次。寓言说到这里，寓意已经很深刻了，就是以幼麋比喻恃宠之人。这些人自鸣得意、盲目乐观，忘记了自己的角色，即便是群犬凶焰毕露，也还以犬为友，"抵触偃仆，益狎"，这显得多么可笑。但作者并未就此打住，而是进一步揭示了这只麋鹿的可悲下场，凸显了这一问题的严重性。三年后"麋出门"，遇外面的犬，"欲与为戏"，终被外犬"共杀食"。文虽不涉人，只言麋鹿和犬，而且，与其他寓言不同的是，该寓言也没有在后文直接揭示寓意，但其意灼然，读之自然明了其用意之所在：麋的悲剧在于它的不自量力、恃宠而骄，从而深刻讽刺了那些"依势以干非其类"者，只靠别人的力量而得意一时，是无法逃脱覆亡命运的。

　　与《临江之麋》相比，《黔之驴》已减少了人为的因素，而更强调生存技巧和自身能力的表现。对虎的起伏心态的描写尤其出色。作为百兽之王的虎初见体型庞大之驴，"以为神"，哪怕是听见驴的叫声，都"大骇，远遁"。习惯了驴的叫声后，虽然还是有些害怕和担心，"终不敢搏"，但能够"近出前后"，已经有了巨大的进步。再接着，虎对驴的态度"益狎"，直至最后，"荡倚冲冒"，惹怒了驴，驴不胜其扰，怒而"蹄之"。正是这一"蹄"，暴露了驴的真面目——让老虎害怕已久的驴，其实并没有什么更为厉害的招数。老虎遂一改前之畏惧，乃"跳踉大㘎""断其喉，尽其肉"，黔驴技穷矣！寓言在细节上不惜笔墨，将虎之贪婪与坚持刻画得很生动。但有意思的是，虎并非作者刻画的重心，重心恰恰是虎猎食的对象——驴。作者通过对虎不懈努力的描写，显示了驴的真面目隐藏之深。结尾对寓意的揭示，正好暗合了上述的分析，作者就是借这只驴，讽刺无德无能而官高位显、仗势欺人实则外强中干的官员，驴的下场或许就是作者对这些官员未来结局的预判吧。清人孙琮就不禁叹道："读此文，真如鸡人早唱，晨钟夜警，唤醒无数梦梦……说其解颐，忘其猛醒。"

　　《永某氏之鼠》在结构上更近于《黔之驴》，然其意与笔法又与《临江之麋》似。文章皆通过前后遭遇的对比，告诫某一类人。不同的是，麋的无知、幼稚令人同情，鼠的横暴、肆虐却令人憎恨。《临江之麋》暗示依仗外力保护所获得的安全和威福是不能持久的，而本文似更倾向警告那些无法无天、无度索取的人。

　　这三篇寓言，皆篇幅短小、文字精练，笔锋犀利而极具讽刺力量。如果说，其直接目的在于说明那些缺乏自我认识乃至迷失了自然本性、仅依靠外在力量而"乘物以逞"者，结局都不可避免地走向灭亡，其间接目的或许含有影射当时政治的意图。那么，作为一种人生哲理，三篇寓言的意义则要广泛得多、深刻得多。

卷四 其他

余虽不合于俗，亦颇以文墨自慰，漱涤万物，牢笼百态。

愚溪诗序①

　　灌水②之阳有溪焉，东流入于潇水。或曰：冉氏尝居也，故姓是溪为冉溪。或曰：可以染也，名之以其能，故谓之染溪。余以愚触罪，谪潇水上，爱是溪，入二三里，得其尤绝者③家焉。古有愚公谷④，今予家是溪，而名莫能定，土之居者犹龂龂⑤然，不可以不更也，故更之为愚溪。

　　愚溪之上，买小丘为愚丘。自愚丘东北行六十步，得泉焉，又买居之为愚泉。愚泉凡六穴⑥，皆出山下平地，盖上出⑦也。合流屈曲而南，为愚沟。遂负土累石，塞其隘为愚池。愚池之东为愚堂。其南为愚亭。池之中为愚岛。嘉木异石错置，皆山水之奇者，以余故，咸以愚辱焉⑧。

　　夫水，智者乐也。⑨今是溪独见辱于愚，何哉？盖其流甚下，不可以溉灌；又峻急，多坻石⑩，大舟不可入也；幽邃浅狭，蛟龙不屑，不能兴云雨。无以利世，而适类于余，然则虽辱而愚之，可也。宁武子⑪"邦无道则愚"，智而为愚者也；颜子⑫"终日不违如愚"，睿而为愚者也，皆不得为真愚。今余遭有道⑬，而违于理，悖于事，故凡为愚者莫我若也。夫然，则天下莫能争是溪，余专得而名焉。

溪虽莫利于世，而善鉴万类，清莹秀澈，锵鸣金石，能使愚者喜笑眷慕，乐而不能去也。余虽不合于俗，亦颇以文墨自慰，漱涤⑭万物，牢笼百态，而无所避之。以愚辞歌愚溪，则茫然而不违⑮，昏然而同归，超鸿蒙⑯、混希夷⑰，寂寥而莫我知⑱也。于是作《八愚诗》，纪于溪石上。

【注释】

①愚溪诗序：这是作者为愚溪所作的诗歌《八愚诗》的序言。愚溪，溪名，详见本文。

②灌水：水名，湘水的支流，在今广西境内。

③尤绝者：特别好的地方。

④愚公谷：山谷名，在今山东淄博。据刘向《说苑·政理》载，此山谷即以一位叫"愚公"的老人命名的。

⑤龂（yín）龂：争辩不休的样子。

⑥穴：泉眼。

⑦上出：向上涌出。

⑧咸以愚辱焉：都因"愚"而受辱。

⑨"夫水"二句：水是智者所喜好的。语出《论语·雍也》："智者乐水，仁者乐山。"乐（yào），喜好。

⑩坻（chí）石：水中高出的石头。

⑪宁武子：春秋时卫国的大夫。《论语·公冶长》载，孔子说他："宁武子邦有道则知，邦无道则愚。其知可及也，其愚不可及也。"

⑫颜子：孔子的学生颜回。《论语·为政》载，孔子说："吾与回言终日，不违如愚。退而省其私，亦足以发。回也，不愚。"

⑬遭有道：遇到政治清明之世。

⑭漱涤：洗涤。这里比喻描写美化。

⑮茫然而不违：形容某种物我不分、融合混茫、迷蒙虚幻的境界。下句"昏然而同归"类此。

⑯鸿蒙：宇宙形成前的混沌状态。语出《庄子·在宥》。

⑰希夷：虚无寂静的玄妙境界。语出《老子》："视之不见名曰夷，听之不闻名曰希。"

⑱莫我知：忘了自身的存在。

【赏读】

空间和时间常常决定了事物的存在形式。永贞元年

（805），柳宗元因王叔文政治革新失败而由礼部员外郎贬为邵州刺史，未及到任，加贬为永州司马，开始了十年的永州贬谪生涯。仕途失意形成的独特时空反使他在文学创作上达到了一个新的高度。

本文是子厚为其《八愚诗》所作的序文，其诗散佚，独序文留存。严格来说，本文并非典型的游记散文。一者，行文所涉景观甚少，即便有所触及，匆匆带过的也仅为简述或说明性文字，绝少描写。二者，文章以"愚"入文，并对此大加议论，篇幅不小。当然，适当地议论，这符合"序"的特征。文章以"愚"统领，表面上是写自己寻找愚溪、安家愚溪的经历，实际上在这一过程中借愚溪喻己，引发对以"愚"载道的思考，并借"道"赋予了"愚"新的意义。

愚溪本另有其名，但作者却偏不沿旧俗，执意用"愚"为之命名。原因当然也很充分，古有愚公，今有己"以愚触罪"，但这明显带上了作者的情感色彩。从理性逻辑上来看，"以愚辱焉"，作者自己也认为以"愚"命名是对溪水的玷污，是对美的辱没。但如果从情感逻辑出发，命名则显得蕴意十足。以"愚"自称的传统自古就有，如《列子》中移山的愚公，《老子》中的大智若愚，等等，"愚"的背后往往存在着丰富的精神内涵。或者可以说，命名的过程，实际上是作者主观情感向外投射的过程。这个过程使愚溪的身份发生了转变，它不再是一条日常生活中真实存在的、常人眼里再普通不过的溪水，而是变成了带有柳宗元主观情感的一条独一无二的"愚溪"，或者说，作者的重心根本不是"愚溪"，而是"愚"。

如是，接下去作者的叙述就好理解了。

为了更为充分地显示自己的意图，文章的第二段几不涉及愚溪，短短的百余字写了其他的"七愚"：愚丘、愚泉、愚沟、愚池、愚堂、愚亭、愚岛，皆"以余故"而命名之，何哉？盖此皆"无以利世，而适类于余"也！作者以愚溪一系列的"不能"作比，表达了对自己与愚溪同一遭际的同情。宁武子和颜回"伪愚"的典故让柳宗元再一次从山水之"愚"转向自己的内心世界。这里有两处反说：一是"有道"，显然柳宗元身处的中唐时期，安史之乱后藩镇割据严重，赋税沉重，百姓生活苦不堪言，社会矛盾错综复杂。这样的社会环境正是"有道"的对立面。二是"违于理，悖于事"，柳宗元就致力于改变这样的社会局面，他体察百姓艰辛，参加政治运动，力求兴利除弊，重立新政，这样的做法显然是顺应天理，而非违背事理。"今余遭有道，而违于理，悖于事，故凡为愚者莫我若也"，明显是自嘲，直接透露出作者对混浊人世的强烈不满和内心的痛苦。

在这些自嘲揶揄的语句里，我们看到一个真性情的柳宗元，一个官场失败者，一个借山水抒怀的自我解脱者。愚溪的无用之用，也是作者这样一个"愚人"的无用之用，上述所说愚溪之"愚"是由于它没有世俗生活所需之用，然而物质功能的缺乏也不能掩盖溪水在精神世界中的作用。"善鉴万类，清莹秀澈，锵鸣金石"，连用三组四字词语展现愚溪的魅力所在。精诚所至，金石为开，"金石"一直都被认为是最坚固不破的象征，与金石共伍的也必定是如"精诚"这种坚定的、崇高的情感。表面上柳宗元在写愚溪，实际上是在讲自己的不善于妥协与变通，所以是一名不折不扣的愚人。他曾形容自己："臣有大拙，智所不化，医所不攻，威不能迁，宽不能容。"（《乞巧文》）因为自己太过"愚笨"，而不能拥有迎合世俗的工巧。

柳宗元对"愚"是认可的。"愚"，是他保持个人秉性的基石。他在《冉溪》一诗中写道："却学寿张樊敬侯，种漆南园待成器。"诗歌借助后汉樊重种漆南园的典故，表明自己不畏流言，以待"成器"。但实际上，"愚"，也是他在与世俗的矛盾之中为自己找到的一条出路。柳宗元少年得志，21岁考中进士，并且很快就加入了政治革新的核心团队，但现实的处境为他改变心境提供了重要的条件。"超鸿蒙"语出《庄子》，"鸿蒙"就是指宇宙形成之前的一种混沌状态;"混希夷"出自《老子》,"视之不见名曰夷,听之不闻名曰希","希夷"指的是一种玄虚的境界。以老庄为代表的道家思想主张无为和不争,支持顺应自然,不被世俗的名利束缚。可以说,道家形神俱忘的无为思想让他找到了一种心灵上的平衡。

　　清人蔡铸就不禁赞道,此文"通篇俱就一'愚'字生情,写景处处历历在目,趣极。而末后仍露身份,景中人,人中景,是二是一,妙极。盖柳州所长在山水诸记也"。可以说,"愚"成了他承载内心之道的一种凭借。

永州铁炉步[①]志

　　江之浒，凡舟可縻[②]而上下者曰"步"。永州北郭有步，曰"铁炉步"。余乘舟来，居九年，往来求其所以为"铁炉"者，无有。问之人，曰："盖尝有锻者居，其人去而炉毁者不知年矣，独有其号冒而存。"

　　余曰："嘻！世固有事去名存而冒焉若是耶？"

　　步之人曰："子何独怪是？今世有负[③]其姓而立于天下者，曰：'吾门大，他不我敌也。'问其位与德，曰：'久矣其先也。'然而彼犹曰'我大'，世亦曰'某氏大'。其冒于号有以异于兹步者乎？向使有闻兹步之号，而不足[④]釜锜[⑤]、钱镈[⑥]、刀铁[⑦]者，怀价[⑧]而来，能有得其欲乎？则求位与德于彼，其不可得亦犹是也。位存焉而德无有，犹不足大其门，然世且乐为之下。子胡不怪彼而独怪于是？大者，桀[⑨]冒禹[⑩]，纣冒汤、幽、厉冒文、武，以傲天下。由不知推其本而姑大其故号，以至于败，为世笑僇[⑪]，斯可以甚惧。若求兹步之实，而不得釜锜、钱镈、刀铁者，则去而之他，又何害乎⑫？子之惊于是，末矣。⑬"

余以为古有太史，观民风，采民言。若是者，则有得矣。嘉其言可采，书以为志。

【注释】

①铁炉步：地名，详见本文。步，同"埠"，水边停泊船只的地方。

②縻（mí）：拴，系。

③负：倚仗。

④不足：因缺少而需要购买。

⑤釜锜（fǔ qí）：古代铁锅类炊具，有足的叫锜，无足的叫釜。

⑥钱镈（jiǎn bó）：古代两种铁制农具。钱，似今之铁铲。镈，除草用的短柄锄。

⑦铁（fǔ）：通"斧"，斧头。

⑧怀价：怀带钱款。

⑨桀：夏桀。下句的纣，是商纣王；幽、厉，是西周的幽王、厉王。他们都是历史上著名的暴君和亡国之君。

⑩禹：夏禹。下句的汤，是商汤；文、武，是西周的文王、武王。他们都是历史上著名的贤君和开国之君。

⑪笑僇（lù）：耻笑。

⑫又何害乎：又有什么危害呢？言外之意是，像铁炉步这种冒名，只是小事，并无大碍；而像上述那种"负其姓而立于天下者"的冒名，才是危害巨大的。

⑬"子之惊"二句：你为此惊讶，是舍本求末。意为那些危害巨大的冒名才是"本"，铁炉步的冒名只是"末"。末，与"本"对应，微末。

【赏读】

本文属于以小见大式的说理杂文，是柳宗元极为拿手的寓讽性小记。

文章通过与步之人的日常对话，借他人之口，层层推进，进而揭示自己的观点，颇有主客问答的汉赋之风，体现着作者对当时名实不符的官场现实的清醒体察，可谓是振聋发聩，令人深思。

文章从"余"对铁炉步的"铁炉"二字名存而实亡发出惊问作为切入点。铁炉步"去而炉毁者不知年矣"，是一处早已不再铸造锅炉，而名号还保留着的码头。这在"余"看来是一件奇事，而步之人却不以为然，并引"今世有负其姓而立于天下者"为例，深刻说明这些人并无实际能力和一定的品德，但倚仗祖先和家族的名号却能招摇过市、身居高位的社会现实。

以姓氏门第作为选官依据，自魏晋始，对后世影响甚深。唐朝虽以科举制作为选官依据，但偏重门第之风并未根除。因与科举并存，更显其恶。不仅如此，柳公对世袭特权的看法也超越了时代的局限性。章士钊不禁感叹："子厚此作，明有所讽。盖唐世重门第，好夸张，子孙冒祖父之名与位，以震骇流俗，所在多有，子厚或亲遇其事而恶之，故借铁炉而揭其事于此。"（《柳文指要》）章士钊此番推测，或也合情理，但此流俗因非个例，柳公所言可谓直击肯綮。清人孙琮在《山晓阁评点柳柳州全集》评道："就炉步上发出一段讽世议论。彼世禄子弟服奇食美，冒先世之号以自大于世者，读之能无汗下！"

能就此做出如此深刻的联系已经颇有见识了，但作者并未就此止步，而是由浅入深、再进一步，揭示出比铁炉步这一名实不符现象更令人震惊与哀叹的结果。"若求兹步之实，而不得釜锜、钱镈、刀钛者，则去而之他，又何害乎？"对此，步之人也没有给出明确的答案，但是问题已经隐含其间了。无法得到釜锜、钱镈、刀钛这些生活器具，并不会有多大的损失，但是无德无能却身居高位还会是无害吗？文中举了夏桀、商纣、周幽王、周厉王几个例子，恐不是仅仅说明将"为世笑僇"吧。"负其姓而立于天下者"借祖上留下的名号，便轻而易举地窃取了国家权力，他们"位存焉而德无有"，拥有重权而无德，无疑将危及百姓。而比豪门子弟冒号就位危害更甚的是，统治者不知修德，世袭王位而坐拥天下，孤傲且不可一世，胡作非为以致亡国，这个影响可就更大了。柳公另在《六逆论》中谈到，贱妨贵、远间亲、新间旧，"是三者，择君置臣之道，天下理乱之大本也"，同样体现了他反对任人唯贤、世袭特权的卓越的政治主张。

　　当然，从步之人所言"彼犹曰'我大'，世亦曰'某氏大'"来看，时人对此不仅毫无惊奇，反倒跟风盲从，不得不说，此番对话颇有些"众人皆尊我独醒"的意味。清醒之人多苦痛，世风如此，实在令人悲叹不已！无怪乎明代蒋之翘评价该篇文章说，"讽刺华胄，亦趣亦毒"（《柳河东集》）。"趣""毒"二字，品析妙极！

全义县^①复北门记

　　贤者之兴，而愚者之废，废而复之为是，循而习之为非。恒人犹且知之，不足乎列也。然而复其事必由乎贤者。推是类以从于政，其事可少哉？

　　贤莫大于成功，愚莫大于吝且诬。桂^②之中岭而邑^③者曰全义，卫公^④城之，南越以平。卢遵^⑤为全义^⑥，视其城，塞北门，凿他雉^⑦以出。问之，其门人曰：“余百年矣。或曰：‘巫^⑧言是不利于令，故塞之。’或曰：‘以宾旅之多，有惧竭其饩馈者，^⑨欲回其途^⑩，故塞之。’”遵曰：“是非吝且诬欤？贤者之作，思利乎人。反是，罪也。余其复之。”

　　询于群吏，吏叶厥谋^⑪；上于大府，大府以俞^⑫；邑人便焉，欢舞里闾。居者思正其家，行者乐出其途。由道^⑬废邪，用贤弃愚，推以革物^⑭，宜民之苏^⑮。若是而不列，殆非孔子徒也。为之记云。

【注释】

①全义县：今广西兴安县。

②桂：桂州，今广西桂林一带。

③岭而邑：在山岭中建立的城邑。

④卫公：指唐初名将李靖，曾以军功被封为卫国公。

⑤卢遵：作者的内弟。

⑥为全义：治理全义县，即担任全义县令之意。

⑦他雉（zhì）：另一处城墙。雉，城上的短墙，也泛指城墙。

⑧巫：巫者。民间以装神弄鬼，声称能替人治病消灾为业的人。

⑨“以宾旅”二句：意为有的人担心过往旅客太多，把他们家的食物都讨要光了。竭，竭尽。饩馈（xì kuì），赠予他人的食物。

⑩欲回其途：让他们绕道走。回，曲折，迂回。

⑪吏叶（xié）厥谋：官吏们都来一起合谋这件事。叶，同“协”，合，共。厥，其。

⑫俞：答应，允许。

⑬由道：遵循正道。

⑭革物：变革事物。

⑮苏：苏醒，复苏。这里意为摆脱原来邪僻愚昧的

状态而获得新生和觉醒。

【赏读】

"记"是古代的一种文体，指一切记事、记物之文。唐朝时期，此类文体得到了长足的发展，其中柳宗元的记体文数量是最多的，且以议论见长，极具创造性与代表性。本文写于元和十年（815），时柳宗元赴任柳州，途经全义县。全义县令卢遵留他小住，他见全义县北门恢复之后，一派欣欣向荣的景象，不禁有感而发，写下此记。卢遵为作者的舅弟，随作者一同贬谪柳州，二人之间的情感深厚可见一斑，故章士钊认为此文乃作者"托故为卢遵而作"，但文章并无夸大之词，即便与卢遵有故，此记仍不失为一篇佳作。

文章主要记叙了卢遵为全义县修复北门一事，这是卢遵为百姓所做的一件好事，但整个叙述过程简洁平实，毫无溢美之词。在议论与叙事的结合中，既表彰了卢遵"贤者之作，思利乎人"的思想，也表达了作者"由道废邪，用贤弃愚，推以革物，宜民之苏"的独到的政治见解。

本是记卢遵复北门一事，但柳宗元却并不直叙其事，这也正是本文的独特和精彩之处。文章一开始即以议论引入，提出"贤者之兴，而愚者之废"，认为恢复被败坏的事业是对的，沿袭并且习惯被败坏的老样子是错的。这样的道理并不艰深，平常人都懂，甚至作者自己也都说"不足乎列也"，可作者为什么还要说，还作了一篇记？当是"推是类以从于政"，此为一篇之余意也。"其事可少哉？"当也隐约透露出作者对时政的批判与不满。

接下去仍以议论为先，贤愚行为之比照。后面叙述全义县复北门一事，行文叙事言简意赅。先以寥寥十余言回溯了全义城墙的修筑历史，再以十余言记叙了发现问题、解决问题的整个过程。相较之下，后者略加重笔，通过卢遵与守门人的对话，引出了卢遵的从政理念："贤者之作，思利乎人。反是，罪也。"——一位以人为本、造福百姓的官员形象跃然纸上。"邑人便焉，欢舞里间。居者思正其家，行者乐出其途"，形象地表现了百姓对于恢复北门的拥护，也隐含着对贤者卢遵的褒扬。在叙述之间，暗藏着正反对照的意味。复兴北门是贤者卢遵所做的好事，这叙事之中既有对卢遵的褒扬，更有对愚者的嘲讽。北门之塞对应前段所说的"愚者之废"，北门之兴对应"贤者之兴"，正反对照，贤愚对举，褒贬分明。由此，推类于政，自然而然地深化主题。

安史之乱后，盛唐气象不再，社会矛盾尖锐。废邪革物、以利百姓一直是柳宗元从政的心声。他积极主张参与革新，却逢"二王八司马"事件。因而，当他听到全义县兴复北门，自然有感而发，在叙他事中不禁也流露出自己的政治见解。

整篇散文"小题自作议论"，篇法详整，叙议参半，浑然一体。语言简练而富有深意，长短句错落。文末连用"间""途""苏""徒"，依声到底，《柳文指要》评其"文学楚体，大有帆随湘转、望衡九面之趣"是颇为中肯的。

宋清传

　　宋清，长安西部药市人也。居①善药。有自山泽来者②，必归③宋清氏，清优主之④。长安医工得清药辅其方，辄易雠⑤，咸誉清。疾病、疕疡⑥者，亦皆乐就清求药，冀速已。清皆乐然响应⑦，虽不持钱者，皆与⑧善药，积券⑨如山，未尝诣取直⑩。或不识遥与券⑪，清不为辞。岁终，度不能报⑫，辄焚券，终不复言。市人以其异，皆笑之，曰："清，蚩妄⑬人也。"或曰："清其有道⑭者欤？"清闻之曰："清逐利以活妻子耳，非有道也。然谓我蚩妄者亦谬。"

　　清居药四十年，所焚券者百数十人，或至大官⑮，或连数州，受俸博，⑯其馈遗⑰清者，相属⑱于户。虽不能立报而以赊死者千百⑲，不害⑳清之为富也。清之取利远，远故大，岂若小市人哉？一不得直，则怫然㉑怒，再则骂而仇耳。彼之为利，不亦翦翦㉒乎！吾见蚩之有在也。清诚以是得大利，又不为妄，执其道㉓不废，卒以富。求者益众，其应㉔益广。或斥弃沉废㉕，亲与交；视之落然㉖者，清不以怠，遇其人，必与善药如故。一旦复柄用㉗，益厚报清。其远取利，皆类此。

吾观今之交乎人者，炎㉘而附，寒㉙而弃，鲜有能类清之为者。世之言，徒曰"市道交"㉚。呜呼！清，市人㉛也，今之交有能望报如清之远者乎？幸而庶几㉜，则天下之穷困废辱得不死亡者众矣，"市道交"岂可少耶㉝？或曰："清，非市道人也。"柳先生曰："清居市不为市之道，然而居朝廷、居官府、居庠塾㉞乡党㉟以士大夫自名者，反争为之不已，悲夫！然则清非独㊱异于市人也。"

【注释】

①居：囤积，收购。

②自山泽来者：指采自山间湖泽的好药材。

③归：送达，交给。

④优主之：视之为应享优厚待遇的好主顾。

⑤雠（chóu）：售卖。

⑥疕疡（bǐ yáng）：泛指疮痈之类的疾病。

⑦响应：有求必应，满足要求。

⑧与：给予。

⑨券：债券，欠条。

⑩诣取直：前去讨要药钱。直，报酬，这里指药钱。

⑪遥与券：从远方寄来欠条。

⑫报：还钱。

⑬蚩（chī）妄：痴愚不理智。

⑭有道：有道德，品德高尚。

⑮或至大官：意为那些"所焚券者"后来有的做了朝廷大官。

⑯"或连数州"二句：有的管辖几个州郡，享受丰厚的俸禄。

⑰馈遗（kuì wèi）：馈赠。

⑱相属（zhǔ）：接连不断。

⑲"虽不能"句：虽然不能即时还钱而到死还欠着账的人有成百上千。

⑳害：妨碍。

㉑怫（fú）然：愤怒的样子。

㉒蹇（jiǎn）蹇：狭隘，浅薄。

㉓道：指上述的经营原则、做法等。

㉔应：照应，对付。

㉕斥弃沉废：被贬谪罢官。

㉖落然：凄凉落魄的样子。

㉗复柄用：重新掌握权柄受到重用。

㉘炎：显赫得势。

㉙寒：贫寒卑微。

㉚市道交：以经商逐利之道交往，即势利之交。

㉛市人：生意人。

㉜庶几：接近，近似。

㉝"市道交"岂可少耶："势利之交"怎么可以缺少呢？作者的意思是，"势利之交"并不全是坏事，像宋清这样，不计较眼前得失，目光长远，既为自己赢得大利，又拯救帮助了无数人，为人们所称道，这样的"势利之交"，却是难得而美好的。

㉞庠（xiáng）塾：指地方学校。

㉟乡党：家乡，乡里。

㊱非独：不单是，不仅是。

【赏读】

柳集共有传六篇，这些传记文章与传统的正史传记文学相较，有着明显的不同。传统的正史传记多为显贵立传，而柳宗元笔下的这些传记大都取材于社会的下层，主人公多为正直清廉的官吏或市井小民。为底层人物写传，并将之发展成为一种文体，肇始于唐代，这里面以柳宗元成就最高。

《宋清传》是六篇传记文中的第一篇。与作者笔下其他寓言性传记文中的人物多为虚构不同，宋清其人其事是有一定事实依据的。唐人李肇曾记："宋清卖药于长安西市，朝官出入移贬，清辄卖药迎送之。贫士请药，常多折券。人有急难，倾财救之。岁计所入，利亦百倍。长安言：‘人有义声，卖药宋清。’”（《唐国史补》）这里所提及的宋清卖药及其倾财救人之事基本与本文一致。柳宗元即从这样一个真实的商人身上挖掘出了迥乎不同的精神高度，反映了作者对善与义的独特理解与追求。

其实，由于战国以来一直奉行"重本抑末"的政策，历史上，商人地位一直不高。商人甚至被看作"怠惰游手"的代表，在士农工商的"四民"中，商人也被排在了最末位，这种思想根深蒂固。但作者偏偏选择了一个商人入笔。一者当然是这个商人与众不同。宋清是个颇懂得经营之道的商人，不是一般的商人，"居善药"，医术高、疗效好，这样的医士并不鲜见。他何以能取得巨大的成功，获得很高的声誉呢？一方面，宋清是一个不计眼前小利而目光长远的人。不论求药者是什么情况，他都是给予对方最好的药材，而不是为了蝇头小利锱铢必较，更不会以次充好、滥竽充数去获得更大的利益。诚信经营为他赢得了良好的社会声誉。目光长远是很重要的，"取利远，远故大，岂若小市人哉"？在他看来，经商要看得长远，因为长远，所以能成就更多的利益，而那些"一不得直，则怫然怒"的人才是真正的浅薄狭隘。正因为如此"馈遗清者"才"相属于户"，证明了他的判断、选择的正确性。另一方面，更为关键的是他的慷慨侠义。经商既不为利，自然就与道义有关了。宋清不分对象，只要是治病需要，即使"不持钱者，皆与善药"，且"积券如山，未尝诣取直"。不仅不向欠债者索要钱款，每年岁末，"辄焚券，终不复言"。如此侠义，而非一味地在商言商、追逐金钱，这就不是一般的商人所能够做到的了。至于日后发迹者的馈赠那就是投桃报李、自然而然的事了。

作者落笔于此，恐怕也与作者的处境和追求有关。

作者等"八司马皆天下奇才"，然皆怀才而见弃，有心报国，无力回天，还得遭受形形色色人等的轻慢和嘲笑。有远见且有义者少、见利忘义者多矣。柳宗元在《行路难（其一）》中曾用夸父的遭遇生动地呈现了一幕场景："须臾力尽道渴死，狐鼠蜂蚁争噬吞。北方竱人长九寸，开口抵掌更笑喧。"夸父立下大志要追逐太阳，最后渴死在道上。但是，狐鼠蜂蚁很快争着吃掉了他的遗体，北方一种只有九寸长的小人，开口抵掌嘲笑夸父——自己不就是那个被人嘲笑的夸父吗？

1915 年，还是苏州第二女子师范学校学生的陈定秀在《读柳柳州〈宋清传〉书后》（《江苏省立第二女子师范学校汇刊》）一文中不禁感慨道："宋清谋利而顾义，人多颂之；今人弃义而图利，人皆恶之。盖务其近与远之异耳！蒙读其文，既知宋清之为人，复想见柳子之为人。盖柳子怀才见斥，自伤不遇斯人，故为作传，其忧思感叹为靡穷也。"

宋清与北方九寸长的小人不就是一种鲜明的对比吗？

种树郭橐驼①传

郭橐驼，不知始何名。病瘘②，隆然伏行③，有类橐驼者，故乡人号之"驼"。驼闻之曰："甚善，名我固当④。"因舍其名⑤，亦自谓橐驼云。其乡曰丰乐乡，在长安西。驼业种树，凡长安豪富人为观游及卖果者，皆争迎取养。视驼所种树，或移徙，无不活，且硕茂早实以蕃。他植者虽窥伺效慕，莫能如也。

有问之，对曰："橐驼非能使木寿且孳也，能顺木之天⑥，以致其性焉尔。凡植木之性，其本欲舒，其培欲平，其土欲故⑦，其筑欲密⑧。既然已，勿动勿虑，去不复顾。其莳也若子，其置也若弃，⑨则其天者全而其性得矣。故吾不害其长而已，非有能硕茂之也；不抑耗⑩其实而已，非有能早而蕃之也。他植者则不然，根拳⑪而土易⑫，其培之也，若不过焉则不及。苟有能反是者，则又爱之太恩，忧之太勤，旦视而暮抚，已去而复顾。甚者爪其肤以验其生枯，摇其本以观其疏密，而木之性日以离矣。虽曰爱之，其实害之；虽曰忧之，其实仇之，故不我若也。吾又何能为哉！"

　　问者曰："以子之道，移之官理^⑬，可乎？"驼曰："我知种树而已，理，非吾业也。然吾居乡，见长人者^⑭好烦其令，若甚怜焉，而卒以祸。^⑮旦暮吏来而呼曰：'官命促尔耕，勖^⑯尔植，督尔获。早缫而绪^⑰，早织而缕^⑱，字^⑲而幼孩，遂^⑳而鸡豚。'鸣鼓而聚之，击木而召之。吾小人辍飧饔以劳吏者，且不得暇，又何以蕃吾生而安吾性耶？故病且怠。若是，则与吾业者其亦有类乎？"

　　问者嘻曰："不亦善夫！吾问养树，得养人术。"传其事以为官戒。

【注释】

　　①橐驼：骆驼。此指驼背。

　　②瘘（lú）：驼背，伛偻。

　　③隆然伏行：背部隆起，身体向前弯曲，如同伏地行走。

　　④固当：的确很恰当。

　　⑤舍其名：舍弃他的原名。

　　⑥天：指天然本能、自然规律。

　　⑦其土欲故：意为移植时要连带树根原有的土壤。

　　⑧其筑欲密：意为种植后要把封土筑捣密实。

⑨ "其莳（shì）" 二句：意为种植时要像养孩子那样用心，种完之后则如同抛弃它一样不要多管。

⑩抑耗：抑制，损伤。

⑪拳：卷曲，弯曲。

⑫易：变更。

⑬移之官理：把道理转移到为官理政方面。

⑭长（zhǎng）人者：统治者。

⑮ "若甚怜焉" 二句：似乎很爱怜百姓，但最终是祸害百姓。

⑯勖（xù）：勉励。

⑰早缲（sāo）而绪：早点缲好你们的丝。缲，缲丝，把蚕茧浸入热水将丝抽出来。而，通 "尔"，你们。绪，丝头。

⑱缕：线。此指用以织布的经纬线。

⑲字：哺乳，养育。

⑳遂：生长，养育。

【赏读】

本文是柳宗元早年在长安任职时期的作品，名为 "传"，却不是一般的人物传记，而是以为人物立传的形式阐发议论的寓言性传记文。鲁迅就说它是 "幻设为文" "以寓言为本"（《中国小说史略》）的作品。顾炎武则认为，立传是史官之职，"古人不为人立传……不当作史之职""郭橐驼……仅采其一事而谓之传……盖比于稗官之属耳"。（《日知录》）因非正史，作者在写作时就可以更为自由地发挥，没有太多的顾忌。文章即通过与一个具有高超种植技术的小人物的对话方式，揭露当时"长人者好烦其令"的社会弊端，从而阐发作者养民的理政思想。

柳宗元的这种感触并非空穴来风，无病呻吟。

中唐时期，唐朝中央政府已开始逐渐失去对地方政府的控制，均田制遭到破坏，地方豪强兼并土地的现象非常严重，更有甚者，"富者兼地数万亩，贫者无容足之居"（陆贽《均节赋税恤百姓第六条》）。同时，由于长期用兵，战事频繁，老百姓承担的赋税越来越沉重。"蚕事方兴已输缣税，农功未艾遽敛谷租"，已达丝不容织、谷不暇舂的程度。但各地官僚为巩固自己的地位，对下层的盘剥依然没有放松，于是"通津达道者税之，莳蔬艺果者税之，死亡者税之"，民不聊生。

郭橐驼本事已不可考，从内容上看，更像是一篇寓言。金圣叹就认为是："……上圣至理，而以寓言出之。"作者借郭橐驼之口，由种树的经验引至为官之道，希望为官者引之为戒。

文章开篇即交代了主要人物——郭橐驼。此人"不知始何名"，名字不为人所知，显然只是一个不起眼的小人物；"病瘘，隆然伏行"，身体条件不好，照今天的标准看，是一个残疾人。可作者为什么不将作品的主人公塑造得高大英俊些呢？文学作品常常要将内、外拉开一些距离，这样更能增加作品的吸引力。有的形成悬念，如老舍小说《断魂枪》中的孙老者，身体瘦小，弱不禁风，却要与年轻强壮的王三胜比武，让人为之担心；有的造成矛盾，里外不一致，就能更好地揭示人物的性格、形象。本文中的郭橐驼外表虽然不堪，但却拥有健康者所不具备的本领，且面对众人不太礼貌的称呼，也并不介意，反而非常大方地接受了，内心坦然、为人良善的形象跃然纸上。其实，作者这一用笔也另含深意：不是良善之人，怎么会有养民爱民的观念呢？可见，这也是为后文预留了合理的行文空间。至于众人的"争迎取养"，则进一步从侧面烘托出其种树水平的高超，这样，就自然而然地引发了人们的好奇：无论什么情况下，郭橐驼都能将树木种得高大茂盛、果实繁多，奥秘何在？

　　种树成功的奥秘是通过人物的对话予以揭示的。"顺木之天，以致其性"，这是全文最为重要的一句，可视为文眼。意思是要顺应树木生长的自然规律，从而使树木的本性获得充分的发展。围绕这一观点，作者先是谈及顺应树木生长的"秘诀"——"其本欲舒，其培欲平，其土欲故，其筑欲密"。为了更好地说明这么做的必要性，郭橐驼又找出反例进行非常具有说服力的对比，但凡有过种树经验的人，多半会有郭橐驼所述的做法，如"旦视而暮抚，已去而复顾""爪其肤以验其生枯，摇其本以观其疏密"，如此熟悉的举动，读来令人莞尔。这一系列的对比很充分，涉及了方法、态度、结果，明确指出所谓的"爱之太恩""忧之太勤"实则是"害之""仇之"，这么一来，便将种树过程中的是与非、正与误、利与弊都十分清晰地揭示出来。

当然，如果文章到此为止，也就不甚精彩了。问者问"移之官理，可乎"？一句甚至显得有些突兀，不太自然，但为了引出治民之政，该句也算是基本完成了任务。对于寓言类作品而言，故事本身其实并不是最重要的，其间引出的哲思才是寓言真正的生命力和精神命脉。

种树的道理说清楚了，就是要遵从"木之性"。同理，为官理政也要重视"民之性"。但作者并没有将之与前述的种树经验进行重复的类比，而是选取了在现实生活中违背"民之性""吏治不善"的现象进行集中呈现。"促尔耕，勖尔植，督尔获。早缫而绪，早织而缕，字而幼孩，遂而鸡豚"，避免了内容重复的同时，语句铺陈短促，言行交织，入木三分地将为官者好大喜功、胡乱指挥的一面生动地刻画出来，一针见血地揭示了闹得百姓鸡犬不宁、民不聊生这一社会现象的真正原因之一其实就是为官者的"好烦其令"!

种树是人们常见的行为。从人们熟悉的内容或生活场景开辟出令人眼前一亮的角度,此为子厚为文之优长。无怪乎清人朱宗洛认为"……大家之文,多以意胜,而意又要善达。其所以善达者,非以词纠缠敷衍之谓也,盖一意耳。或借粗以明精,如此文养树云云是也",认为该文"处处朴老简峭,在《柳集》中应推为第一"(朱宗洛《古文一隅》)也就顺理成章了。

童区寄①传

　　柳先生曰：越人少恩②，生男女必货视之③。自毁齿④已上，父兄鬻卖，以觊其利。不足，则取他室，⑤束缚钳梏⑥之。至有须鬣者，力不胜，皆屈为僮。⑦当道相贼杀以为俗。⑧幸得壮大，则缚取么弱者⑨。汉官⑩因以为己利，苟得僮，恣所为不问。以是越中户口滋耗。少得自脱，惟童区寄以十一岁胜，斯亦奇矣。桂部⑪从事⑫杜周士为余言之。

　　童寄者，柳州荛牧⑬儿也。行牧且荛，二豪贼劫持反接⑭，布囊其口，去逾四十里之墟⑮所卖之。寄伪儿啼，恐栗为儿恒状。贼易之，对饮酒醉。一人去为市，一人卧，植刃道上。童微伺其睡，以缚背刃，力下上，得绝，因取刃杀之。逃未及远，市者还，得童大骇。将杀童，遽曰："为两郎僮，孰若为一郎僮耶？彼不我恩也。郎诚见完与恩，无所不可。"⑯市者良久计曰："与其杀是僮，孰若卖之；与其卖而分，孰若吾得专焉？幸而杀彼，甚善。"即藏其尸，持童抵主人所，愈束缚牢甚。夜半，童自转，以缚即炉火烧绝之，虽疮手勿惮，复取刃杀市者。因大号，一墟皆惊。童曰："我区氏儿也，不当为僮。贼二人得我，我幸皆杀之矣，愿以闻于官。"

墟吏白州[17]，州白大府[18]，大府召视，儿幼愿[19]耳。刺史[20]颜证奇之，留为小吏，不肯。与衣裳，吏护还之乡[21]。乡之行劫缚者，侧目莫敢过其门。皆曰："是儿少秦武阳[22]二岁，而计杀二豪，岂可近耶！"

【注释】

①区（ōu）寄：本篇传主的姓名。

②少恩：人性冷漠，不重亲情。

③货视之：把孩子当作商品看待。

④毁齿：换牙。指儿童七八岁时。

⑤"不足"二句：意为卖自家孩子还嫌获利不足，就劫掠别人家的孩子。

⑥钳梏（gù）：铁制的颈箍和木制的手铐。这里作动词，指戴上这些刑具。

⑦"至有须鬣（liè）者"三句：意为甚至有些已经开始长胡子的少年，因为力小抵抗不过，也屈身做了童仆。

⑧"当道"句：意为越人在大路上公然抢掠杀害，

已习以为常。俗，习俗，风气。

⑨"幸得"二句：意为有的孩子侥幸未被劫掠而长大强壮，就去绑架年幼弱小的儿童。么（yāo），同"幺"，幼小。

⑩汉官：指朝廷派往边远少数民族地区的汉族官员。

⑪桂部：即桂管，属唐"岭南五管"之一。也即桂州都督府，辖今广西桂林一带。

⑫从事：官名，州郡长官的副手、僚属。

⑬莛（ráo）牧：割草兼放牧。

⑭反接：将双手反绑。

⑮墟：市集。

⑯"为两郎僮"五句：意思是说，我原先是你们二人共有的童仆，现在杀了他，我只归你一人独有了，这岂不是对你更有利吗？因为他待我不好，所以我杀了他。如果你能保全我的性命并对我好，我任你怎么办都行。孰若，何如，怎么比得上。恩，优待。见，用在动词前面，表示别人的动作及于自己。完，保全。

⑰墟吏白州：市集的官吏把这事报与州官。白，报告。

⑱大府：州官的上级。

⑲愿：老实。

⑳刺史：州的行政长官。

㉑吏护还之乡：由小吏护送他回到家乡。之，往。

㉒秦武阳：即秦舞阳，战国时燕国武士，荆轲刺秦王的助手，据说他十三岁就曾杀人。

【赏读】

　　本文创作于永州还是柳州，一直有些争议。但有一点可以肯定的是，在被贬永州和柳州的十多年里，柳宗元的生活环境很恶劣，无罪遭谤，精神上也非常压抑。更有甚者，他在《答问》中说，亲朋好友"羞与为戚""生平向慕，毁书灭迹"，犹如"身居下流，为谤薮泽"。再加上其时岭南地区官吏纵容豪强掠卖幼童，致使"户口滋耗"，这样的罪恶行径让其内心十分痛苦。可见，此文既是对区寄不畏强暴、勇敢机智的赞赏，或也是为包括自己在内的生活在社会底层人民的一种呐喊。

　　清人孙琮非常推崇此文，认为该文："事奇、人奇、文奇。叙来简老明快，在《柳州集》中，又是一种笔墨……班、范以下，都以文字掩其风骨，推而上之，其《左》《国》之间乎。"（《山晓阁评点唐柳柳州全集》）将之比肩班固、范晔诸史家，赞誉甚高。

　　这篇颇具独创性的传记分为两大部分。第一部分类似"引言"，交代了背景，叙写了越人对孩子均以"货视之"的奇恶之俗。俗，本是一种制约和规范社会成员的习惯，绝少有相互伤害之义。但此地却恰恰相反，为了利益，可以"父兄鬻卖，以觊其利"，若有不足，"则取他室"，劫缚小孩和成人"为僮"，此皆与常人所见迥异。此"事奇"者一也。在此恶俗中，本应立矫颓俗的官府却充当了一个很不光彩的角色，不仅不制止，还"因以为己利""恣所为不问"，此"事奇"者二也。面对豪贼，无数小孩，乃至"有须鬣者"被劫缚，皆"少得自脱"，独有区寄"以十一岁胜"，此"人奇"者也。从中可看出作者对此恶俗非常不满，并对以此谋利的官府加以嘲弄。更重要的是，一句"斯亦奇矣"，表达了作者对智取强人、全身而退的区寄的赞赏。

第二部分是传文本身，描写区寄被劫持后，如何智斗强盗的过程。传文把一个神奇的小英雄写得栩栩如生，呼之欲出。整个过程情节紧张，场面激烈，跌宕起伏而又环环相扣，读来惊心动魄，令人拍案叫绝。此乃"文奇"也。特别是文中有关区寄语言和动作的描写，文章多用短句，语言简练生动，节奏明快而富于变化，刻画出了区寄的聪颖机智，很好地体现了作者高度成熟的散文技巧。

刚被劫持时，"寄伪儿啼，恐栗为儿恒状"，短短的十个字，有叙述、有描写，而且还有两个细节（啼、恐栗），一下子就抓住了区寄超乎其年龄的快速反应，这样的表现，足以令人对其后面的处理增加了期待感。还有许多关键之处也都体现出了摄人心魄的力量。如写区寄第一次逃脱，两个细节"微伺其睡""以缚背刃"只用了八个字，尤其是"微"，足以表现区寄过人的机智。

区寄的聪慧，不仅表现在动作上，也体现在其言语的表达、逻辑和思维的缜密上。面对贼人的"将杀"，区寄"遽曰……"，"遽"有几种意思，此处多理解为"急忙"，这是一种中性的表达。危在旦夕之际，区寄没有害怕，也没有手足无措，慌了手脚，而是迅速对危险的举动作出回应。对一个十一岁的孩子而言，这种表现着实让人称奇。其实，令人称道的是他瞬间回答的话——"为两郎僮，孰若为一郎僮耶？彼不我恩也。郎诚见完与恩，无所不可。"这里区寄率先表明了自己出逃的原因不是自己不愿为奴仆，而是不愿做两个人的奴仆，言外之意就是：做你的奴仆是可以的。顺便还分化了二豪贼之间的关系：彼不我恩也（他不好好待我）。两句话连起来的言外之意就是：你不像他，所以我愿意做你的奴仆。暗地里还抓住了豪贼贪婪趋利的特性，暗示自己这么做其实是有利于眼前这个贼人的。此言一出，令豪贼不得不思考"良久"。孩子逻辑之严密、角度之精准，令人赞服。至于后文叙述区寄不愿当一个衙门小吏，则更为简洁——"不肯"。这比《木兰辞》中"木兰不用尚书郎，愿驰千里足，送儿还故乡"还要简洁。面对刺史的挽留，成年人尚难拒绝，何况一个"荛牧儿"。可区寄丝毫不加考虑，回答得斩钉截铁，这就不是机智，而是一种独立与成熟了。

区寄的机智是一面，这孩子超出年龄的勇敢、面对困难的坚持，同样令读者感佩。

第二次被捉的时候，因为贼人已经有防备，逃脱的难度更大了。难度愈大，愈有利于表现区寄的"奇"。此处，柳宗元也只用了一个细节："以缚即炉火烧绝之，虽疮手勿惮。"把手都烧烂了，这个孩子还坚持到底，没有退缩，甚至吭也没有吭一声。这样的细节比一般抽象的"机智""勇敢"的定性要雄辩得多。

其勇如此，难怪沈德潜赞区寄，"假令其持地图藏匕首上殿，必不至变色失步，同秦武阳之怯矣"。（《唐宋八家文读本》）

梓人①传

　　裴封叔②之第，在光德里③。有梓人款其门，愿佣④隙宇⑤而处焉。所职⑥寻引⑦、规矩、绳墨，家不居奇斫之器⑧。问其能，曰："吾善度材，视栋宇之制，高深、圆方、短长之宜，吾指使而群工役⑨焉。舍⑩我，众莫能就⑪一宇，故食于官府⑫，吾受禄⑬三倍；作于私家，吾收其直太半焉。"他日，入其室，其床阙足而不能理，曰："将求他工。"余甚笑之，谓其无能而贪禄嗜货者。

　　其后京兆尹⑭将饰官署，余往过焉。委群材，会众工。或执斧斤，或执刀锯，皆环立向之。梓人左持引右执杖而中处焉。量栋宇之任，视木之能，举挥其杖曰："斧"！彼执斧者奔而右，顾而指曰："锯！"彼执锯者趋而左。俄而斤者斫，刀者削，皆视其色，俟其言，莫敢自断者。其不胜任者，怒而退之，亦莫敢愠焉。画宫于堵⑮，盈尺⑯而曲尽其制，计其毫厘而构大厦，无进退⑰焉。既成，书于上栋，曰"某年某月某日某建”，则其姓字也。凡执用之工不在列。[18]余圜视大骇，然后知其术之工[19]大矣。

继而叹曰：彼将舍其手艺，专其心智，而能知体要者欤？吾闻劳心者役人，劳力者役于人，彼其劳心者欤？能者用而智者谋[20]，彼其智者欤？是足为佐天子、相天下法矣![21]物莫近乎此也。彼为天下者本于人。其执役者，为徒隶[22]，为乡师[23]、里胥[24]；其上为下士[25]；又其上为中士、为上士；又其上为大夫、为卿、为公。离而为六职[26]，判而为百役。外薄四海，有方伯[27]、连率[28]。郡有守，邑有宰，皆有佐政[29]。其下有胥吏[30]，又其下皆有啬夫、版尹[31]，以就役[32]焉，犹众工之各有执伎以食力也。彼佐天子相天下者，举而加焉[33]，指而使焉，条其纲纪[34]而盈缩[35]焉，齐其法制而整顿焉，犹梓人之有规矩、绳墨以定制也。择天下之士，使称其职；居天下之人，使安其业。视都知野[36]，视野知国，视国知天下，其远迩细大，可手据其图而究焉，犹梓人画宫于堵而绩于成也。能者进而由之，使无所德[37]；不能者退而休之，亦莫敢愠。不衒能，不矜名，不亲小劳，不侵众官[38]，日与天下之英才讨论其大经[39]，犹梓人之善运众工而不伐艺[40]也。夫然后相道得而万国理[41]矣。相道既得，万国既理，天下举首而望曰："吾相之功也。"后之人循迹而慕曰："彼相之才也。"士或谈殷、周之理[42]者，曰伊、傅、周、召[43]，其百执事[44]之勤劳而不得纪焉，犹梓人自名其功而执用者不列也[45]。大哉相乎！通是道[46]者，所谓相而已矣。其不知体要者反此：以恪勤为公[47]，以簿书为尊[48]，衒能矜名，亲小劳，侵众官，窃取六职百役之事，听听[49]于府廷，而遗其大者远者焉，所谓不通是道者也。犹梓人而不知绳墨之曲直、规矩之方圆、寻引之短长，姑夺众工之斧斤刀锯以佐其艺[50]，又不能备其工[51]，以至败绩[52]用而无所成也。不亦谬欤？

或曰："彼主为室者[53]，傥或发其私智，牵制梓人之虑，夺其世守而道谋是用[54]，虽不能成功，岂其罪耶？亦在任之而已[55]。"余曰：不然。夫绳墨诚陈[56]，规矩诚设，高者不可抑而下也，狭者不可张而广也。由我则固，不由我则圮[57]。彼将乐去固而就圮也[58]，则卷其术[59]，默其智[60]，悠尔而去，不屈吾道[61]，是诚良梓人耳。其或嗜其货利，忍而不能舍也，丧其制量[62]，屈而不能守也，栋桡[63]屋坏，则曰"非我罪也"，可乎哉，可乎哉？

余谓梓人之道类于相，故书而藏之。梓人，盖古之审曲面势[64]者，今谓之"都料匠"云。余所遇者，杨氏，潜其名。

【注释】

①梓（zǐ）人：建筑工匠。

②裴封叔：作者的姐夫，名瑾，曾任长安县令。

③光德里：长安城内的街坊名。

④佣：租赁。

⑤隙宇：空置的房子。

⑥职：职掌，擅用。

⑦寻引：度量长度的工具。寻，古代长度单位。一般为八尺。引，古代长度单位。一引为十丈。

⑧砻斫（lóng zhuó）之器：磨砺和砍削的工具。

⑨役：劳作。

⑩舍：舍弃，离开。

⑪就：造就，建成。

⑫食于官府：为官府效力挣钱。

⑬禄：俸禄，工钱。

⑭京兆尹：京都地区的行政长官。

⑮画宫于堵：把房子的图样画在墙上。

⑯盈尺：指图样大小不过一尺。

⑰进退：出入，误差。

⑱"凡执用"句：所有具体施工人员的名字都不列入。

⑲工：巧妙，精良。

⑳能者用而智者谋：能干者动手做事而智慧者动脑谋划。

㉑"是足"句：意为那些辅佐天子任国家宰相的人，都应当效法这位梓人，善于用智慧宏观谋划，而不是陷于具体事务，亲力亲为。相，宰相，这里作动词，担任宰相。法，效法。

㉒徒隶：指最下层的劳动者。

㉓乡师：乡一级的地方官。

㉔里胥：里长。里，古时地方行政组织，几十或一百左右家为一里。

㉕下士：官爵名。古代大夫以下设士，有上士、中士、下士等级区别。

㉖离而为六职：分为吏、户、礼、兵、刑、工部等六个职能部门。离，分离，指将各种事务按类型区分。

㉗方伯：一方诸侯之长。后泛指地方长官。唐之采访使、观察使均称"方伯"。

㉘连率：十国诸侯之长。泛指地方高级长官。

㉙佐政：副职官吏。

㉚胥吏：官府中的小吏。

㉛啬（sè）夫、版尹：均为官府中经办赋税、户籍等具体事务的基层小吏。

㉜就役：承办具体事务。

㉝举而加焉：推举提拔他们并委以重任。

㉞纲纪：治国的大纲法纪。

㉟盈缩：伸缩、进退，这里指调整、变通。

㊱视都知野：看到都市就能知道乡野的情况。

㊲使无所德：使他无所感激。意为他们是靠自己的能力才干而得到一切，并非谁的恩赐，所以不必感激谁。

㊳不侵众官：不干涉官员们的工作。

㊴大经：大方针，大原则。

㊵伐艺：炫耀自己的才艺。伐，自夸。

㊶相道得而万国理：深得为相之道而天下大治。

㊷殷、周之理：商、周时天下大治的景象。殷，殷商，即商代。

㊸伊、傅、周、召（shào）：指商初的伊尹、傅说和周初的周公、召公，都是重要的辅政大臣。

㊹百执事：负责具体事务的百官群臣。

㊺"犹梓人"句：指上文所述梓人在梁上只署自己名字而不列其他工匠名字之事。

㊻是道：这个道理。即作为宰相要善于抓大政方针而不必陷于具体事务中的道理。

㊼以恪勤为公：把恭谨勤恳看作一心为公。

㊽以簿书为尊：把埋头簿籍文书看作身份尊贵。

㊾听（yǐn）听：争辩不休的样子。

㊿佐其艺：辅助那些工匠们的手艺。

(51)备其工：在工艺精巧方面达到像工匠们那样完备。

(52)败绩：严重失败。

(53)主为室者：建造房屋的主人。

(54)夺其世守而道谋是用：意为不让他采用世代遵循的技术而采纳路人的主意。

(55)亦在任之而已：意为不成功的责任在于任用他的人。

(56)绳墨诚陈：画线的工具确实已经摆好了，意为直线标准已经确定无误。下句意思类似。

(57)“由我”二句：听我的，房子就牢固；不听我的，房子就坍塌。圮（pǐ），坍塌。

(58)“彼将”句：他如果乐于不要牢固而接受坍塌。将，如果。

(59)卷其术：收起他的技术。

(60)默其智：藏起他的智慧。

(61)不屈吾道：不委屈自己的原则主张。

(62)丧其制量：丧失了应有的准则尺度。

(63)桡（náo）：弯曲。

(64)审曲面势：审察木材的形态纹理等以决定其用途。语出《周礼·冬官考工记》。

【赏读】

"梓人"是古代木匠的一种，《考工记》记载，木工有七，"七曰梓人，制作悬挂钟磬的筍虡"。在封建社会，梓人属于百工类，社会地位低下，多为士大夫所鄙视。但为这类社会底层的小人物作传，一向是柳宗元传记文的一大特色。

文中的传主梓人是个什么样的人呢？是否确有其人？一说梓人为杨潜，实有其人，且见识高远，才能出众。从文章一开头作者的交代"裴封叔之第，在光德里……"，裴封叔是柳宗元姐夫，人物真实，可以见之。也有人认为，传主或采自《吕氏春秋》。《吕氏春秋·分职篇》确有云："使众能与众贤，功名大立于世。不予佐之者，而予其主使之也。譬之若为宫室，必任巧匠。奚故？曰：匠不巧，则宫室不善。夫国，重物也。其不善也，岂特宫室哉！巧匠为宫室，为圆必以规，为方必以矩，为平直必以准绳。功已就，不知规矩绳墨，而赏匠巧。匠之宫室已成，不知巧匠，而皆曰善，此某君某王之宫室也。"但梓人具体是何人，其实已不重要了，因为作者的重心并不在此。

文章作于柳宗元参加王叔文政治集团改革的时期。这篇文章反映了柳宗元的政治见解和改革吏治的理想。

柳宗元认为："文之用，辞令褒贬，导扬讽谕而已……辞令褒贬，本乎著述者也；导扬讽谕，本乎比兴者也。"他强调写文章不仅仅是表达与抒怀，还应秉持有用于世的原则。因此，柳宗元作诗文力求"辞令褒贬""导扬讽谕"，追求文章之用。本文就是他倡导文章之用的代表作，借对梓人才能的赞誉来论述宰相的治国之道。

　　文章的第一部分从梓人租赁裴封叔的房屋写起，欲扬先抑的手法很鲜明。起初梓人自夸"舍我，众莫能就一宇"，但作者偶然发现梓人连自己的床腿都不能修理，由此断定他是一个"无能而贪禄嗜货者"。紧接着通过描写梓人指挥工匠修缮京兆尹府的场景为梓人正名，采用这样的方法介绍梓人出场，打破了读者对梓人的第一印象。文章的波澜也在一抑一扬之间产生。值得一提的是，文章对梓人指挥众工匠的场面描写颇为出色，用众工匠的行动烘托梓人的领导才能，紧张之中凸显场面的井然有序，进而体现出梓人技艺的高超与娴熟。第二部分看似借题发挥，实则是引入正题。对照上文涉及的梓人的技艺，分点陈述宰相的为官之道，而后通过正反两个方面的对比，明确有贤能的宰相的治国要领。最后，文章又回到了开篇的梓人的视角，大胆假设房屋主人干预梓人发挥智慧的情况下梓人应该坚持自我。同样的情况出现时，宰相也不应该向君主妥协，委婉地映射出现实中趋炎附势、唯利是图的"为相者"。

　　整篇文章结构紧凑，衔接自然。一如《古文观止》中的评论："前细写梓人，句句暗伏相道。后细写相道，句句回抱梓人。末又补出人主任相、为相自处两意，次序摹写，意思满畅。"文章简略得当。在描写梓人展现才能的场面时，毫不吝惜笔墨，刻画生动传神。而在直接摹写梓人的言行时，三言两语塑造其形象，简要传神。

　　在传记文方面，柳宗元取得了突出的成就，但他的传记文受唐代新兴传奇小说的影响，不立人而旨在立言。文章借记叙梓人这种小人物的事迹，讽喻当时社会的弊端，阐发自己革新吏治的政治主张，因此，具有鲜明的政论性的特点。故后人称柳宗元的传记文"则以发抒己议，类新生之寓言"。

段太尉^①逸事状^②

太尉始为泾州^③刺史时，汾阳王^④以副元帅^⑤居蒲^⑥，王子晞^⑦为尚书，领^⑧行营节度使^⑨，寓军邠州^⑩，纵士卒无赖。邠人偷嗜暴恶者，卒以货窜名军伍中，则肆志，吏不得问。日群行丐取^⑪于市，不嗛^⑫，辄奋击折人手足，椎^⑬釜鬲瓮盎^⑭盈道上，袒臂徐去，至^⑮撞杀孕妇人。邠宁节度使白孝德以王故^⑯，戚不敢言。

太尉自州以状白府^⑰，愿计事，至则曰："天子以生人付公理，公见人被暴害，因恬然，且大乱，若何？"孝德曰："愿奉教。"太尉曰："某为泾州^⑱甚适，少事，今不忍人无寇暴死，以乱天子边事。公诚以都虞候^⑲命某者，能为公已乱，使公之人不得害。"孝德曰："幸甚！"如太尉请^⑳。既署^㉑一月，晞军士十七人入市取酒，又以刃刺酒翁，坏酿器，酒流沟中。太尉列卒^㉒取^㉓十七人，皆断头注^㉔槊^㉕上，植^㉖市门外。晞一营大噪，尽甲^㉗。孝德震恐，召太尉曰："将奈何？"

太尉曰："无伤也。请辞于军。"孝德使数十人从太尉，太尉尽辞去，解佩刀，选老躄㉘者一人持马，至晞门下。甲者出，太尉笑且入曰："杀一老卒，何甲也？吾戴吾头来矣。"甲者愕。因谕曰："尚书固负若属耶？副元帅固负若属耶？奈何欲以乱败郭氏？为白尚书，出听我言。"晞出，见太尉。太尉曰："副元帅勋塞天地，当务始终。今尚书恣卒为暴，暴且乱，乱天子边，欲谁归罪？罪且及副元帅。今邠人恶子弟以货窜名军籍中，杀害人，如是不止，几日不大乱？大乱由尚书出，人皆曰尚书倚副元帅不戢㉙士，然则郭氏功名，其与存者几何㉚？"言未毕，晞再拜曰："公幸教晞以道，恩甚大，愿奉军以从。"顾叱㉛左右曰："皆解甲，散还火伍㉜中，敢哗者死！"太尉曰："吾未晡食㉝，请假设草具。"既食，曰："吾疾作，愿留宿门下。"命持马者去，旦日来。遂卧军中。晞不解衣，戒候卒㉞击柝卫太尉。旦，俱至孝德所，谢不能，请改过。邠州由是无祸。

先是，太尉在泾州，为营田官㉟，泾大将焦令谌取人田，自占数十顷，给与农㊱，曰："且熟，归我半。"是岁大旱，野无草，农以告谌。谌曰："我知入数而已，不知旱也。"督责益急。且饥死，无以偿，即告太尉。太尉判状辞甚巽㊲，使人求谕谌。谌盛怒，召农者曰："我畏段某耶？何敢言我？"取判^㊳铺背上，以大杖击二十，垂死，舁来庭中^㊴。太尉大泣曰："乃我困汝。"即自取水洗去血，裂裳衣疮^㊵，手注善药，旦夕自哺农者，然后食。取骑马卖，市谷代偿^㊶，使勿知。淮西寓军^㊷帅尹少荣，刚直士也。入见谌，大骂曰："汝诚人耶？^㊸泾州野如赭^㊹，人且饥死，而必得谷，又用大杖击无罪者。段公，仁信大人也，而汝不知敬。今段公唯一马，贱卖市谷入^㊺汝，汝又取不耻。凡为人，傲天灾、犯大人、击无罪者，又取仁者谷，使主人出无马，汝将何以视天地，尚不愧奴隶耶？"谌虽暴抗，然闻言则大愧流汗，不能食。曰："吾终不可以见段公。"一夕自恨死。

及太尉自泾州以司农征^㊻，戒其族："过岐^㊼，朱泚^㊽幸^㊾致货币，慎勿纳。"及过，泚固^㊿致大绫三百匹，太尉婿韦晤坚拒，不得命。至都，太尉怒曰："果不用吾言。"晤谢曰："处贱，无以拒也。"太尉曰："然终不以在吾第。"以如司农治事堂，栖之梁木上。泚反^㉛，太尉终^㉜，吏以告泚，泚取视，其故封识^㉝具存。

太尉逸事如右^㊴。

元和九年^㉟月日^㊱，永州司马员外置同正员^㊲柳宗元谨上史馆^㊳。今之称太尉大节者出入^㊴，以为武人一时奋不虑死，以取名天下，不知太尉之所立^⑩如是。宗元尝出入岐、周、邠、斄^⑪间，过真定^⑫，北上马岭^⑬，历亭障堡戍^⑭。窃好问老校退卒^⑮，能言其事。太尉为人姁姁^⑯，常低首拱手行步，言气卑弱，未尝以色待物^⑰，人视之儒者也。遇不可，必达其志，决非偶然者。^⑱会州刺史崔公^⑲来，言信行直，备得太尉遗事，覆校无疑。或恐尚逸坠，未集太史氏，^⑳敢以状私于执事^㉑。谨状。^㉒

【注释】

①段太尉：段秀实（719～783），字成公，唐代陇州汧阳（今陕西千阳县）人，官至检校礼部尚书、司农卿。唐德宗建中四年（783），朱泚企图称帝，他用朝笏击打朱泚，被朱泚手下人杀害。次年被朝廷追赠太尉，谥号"忠烈"。

②状：文体名，又称"行状"，传记类文体之一。记载人物的生平事迹，作为史书立传或撰写墓志铭的依据。

③泾州：今甘肃泾川县一带。

④汾阳王：武官名，为元帅副职。指郭子仪，唐肃宗时因平"安史之乱"有功，被封为汾阳郡王。

⑤副元帅：郭子仪于唐代宗时兼任关内、河东副元帅。

⑥蒲：蒲州，今山西永济一带。

⑦王子晞（xī）：汾阳王郭子仪的第三子郭晞。

⑧领：兼任。

⑨行营节度使：统帅军营所在地的军事统领。

⑩邠（bīn）州：今陕西彬州一带。

⑪丐取：无偿索取，勒索。

⑫嗛（qiè）：通"慊"，满足，快意。

⑬椎（chuí）：一种捶击的兵器。这里用作动词，用椎捶打敲击。

⑭釜（fǔ）鬲（lì）瓮（wèng）盎（àng）：各种炊具、容器名，犹言"锅碗瓢盆"。

⑮至：甚至，以至于。

⑯以王故：因为汾阳王的原因。白孝德所任的邠宁节度使，受副元帅汾阳王节制。

⑰以状白府：以文书向节度使衙府禀报。状，这里是指向上级陈述意见或事实的文书。白，禀报，陈述。

⑱为泾州：做泾州刺史。为，做，担任。

⑲都虞候：武官名。唐置，属节度使，掌军纪纠察。

⑳如太尉请：照着段太尉所请求的办。

㉑署：任命，代理。

㉒列卒：安排士兵。

㉓取：捕获。

㉔注：系，拴。

㉕槊（shuò）：长矛。

㉖植：直插，竖立。

㉗尽甲：全部穿上铠甲。

㉘躄（bì）：腿瘸。

㉙戢（jí）：约束。

㉚与存者几何：能保存下多少？

㉛顾叱：回头呵斥。

㉜火伍：队伍。

㉝晡（bū）食：晚餐。

㉞候卒：巡夜的士兵。

㉟营田官：掌管军队开垦屯田的官员。

㊱给与农：租给农夫耕种。

㊲巽（xùn）：恭顺，谦卑。

㊳判：指段秀实的判决书。

㊴舆来庭中：把垂死的农夫抬到段秀实官府的厅堂上。舆，抬。

㊵裂裳（cháng）衣疮：撕下衣服下摆为农夫包扎伤口。裳，古人下身所穿的衣裙。衣，包扎。

㊶市谷代偿：买来稻谷替农夫偿还。

㊷淮西寓军：从淮西调来短期驻防的军队。寓，寄寓，因暂从别地调来，故称。

㊸汝诚人耶：你当真算个人吗？诚，确实，果真。

㊹野如赭（zhě）：田野就像红褐色颜料染过一样。形容干旱严重，一片赤土。赭，红褐色的颜料。

㊺入：付与，交纳。

㊻以司农征：意为被征召为司农卿。事在唐德宗建中年间。司农卿，掌管国家粮食储备供应的官员。征，征召，多指君召臣。

㊼岐：岐州，今陕西凤翔县一带。

㊽朱泚（cǐ）：时任凤翔尹。

㊾幸：假如，倘若。

㊿固：执意，坚决。

(51)泚反：此指“朱泚之乱”，亦称“泾原兵变”。唐德宗建中四年（783），泾原镇士卒因不满朝廷犒赏，遂哗变入京，拥立朱泚为帝。次年，唐军收复长安，朱泚败亡，兵变被平。

(52)终：死亡。

(53)封识（zhì）：封缄并加标识。

(54)右：以上。旧时书写，直行，从右到左，先写的部分在右边。

(55)元和九年：公元814年。元和，唐宪宗李纯的年号。

(56)月日：某月某日。

(57)员外置同正员：编外设置而地位待遇等同于正式编制的官员。

(58)史馆：编写史书的机构。当时韩愈任史馆编修，作者署上官职全称和姓名，郑重其事地呈献本篇行状，希望史馆编史时被采纳。

(59)出入：或出或入，即各种说法有些相同、有些不同。

(60)所立：立身处世的原则作风。

(61)岐、周、邠、斄（tái）：指今陕西的岐山、彬州、武功一带地方。周，在岐山县南，是西周的王室发祥之地。

(62)真定：今河北正定县。

(63)马岭：山名，在今甘肃庆阳西北。

(64)亭障堡戍：岗亭、工事、城堡、营垒等各种边关防御设施。

(65)老校退卒：年老的军官和退役的士兵。

(66)姁（xū）姁：宽厚平和的样子。

(67)以色待物：以不好的脸色对待他人。物，人。

(68)“遇不可”三句：意为段秀实虽然平时宽厚谦恭，但遇到不能认可之事，就一定要坚持己见，总是如此，绝非偶然。

(69)崔公：崔能，时任永州刺史。

⑦"或恐"二句：意为担心这些逸事或许还会散失遗落，未被收集到史官手里。太史氏，史官。

⑦私于执事：私下交给您。执事，对方手下的办事人员。但这只是字面意思，实际上是指对方即韩愈。不直指对方而以对方手下代称，是古人言语表达中一种表示谦卑的习惯。

⑦谨状：这是古人撰写行状结束时的习惯用语。

【赏读】

状，是旧时记载人物生平事迹，作为史书立传或撰写墓志铭等依据的一种传记类文体。而"逸事"，刘知幾《史通》认为："逸事者，皆前史所遗，后人所记。"本文中段秀实的三件事"皆旧书（《旧唐书》）所无"（赵翼《陔余丛考》），可见，逸事状具有补阙性质，所记为史官失载之事迹。另外，顾炎武曾言："古人不为人立传""不当作史之职，无为人立传者，故有碑、有志、有状而无传。"（《日知录》）可见，作者也意识到，立传为史官之职，不为大臣之事，故作此"状"，并在文末特别注明，要将之交付史馆编修韩愈。

柳宗元在《与史官韩愈致段秀实太尉逸事书》中也谈及本文的写作缘由："太尉大节，古固无有。然人以为偶一奋，遂名无穷，今大不然。太尉自有难在军中，其处心未尝亏侧，其莅事无一不可纪。会在下名未达，以故不闻，非直以一时取笏为谅也。"显然，这是柳宗元对当时有人认为段秀实的"奋不虑死"是"以取名天下"这一非议的驳斥。故作者在行文中就非常注重材料的选取与其间的措辞，力求把人物写得客观、生动，从而使流言不攻自破。精选的三则逸事，文段简洁，情节精巧，跌宕起伏，却又彼此关照，颇具《史记》之神韵，也充分展现了太尉刚直不阿、胆识过人、虑事周全的士人君子风范。

第一件事的处理，难度很大，过程也尤为精彩。子厚此处行文，就是不断加剧冲突，形成很强的艺术张力。

郭晞时任尚书，但据《通鉴考异》记载，郭非尚书，应为左常侍，这是皇帝的侍从近臣，加之其父郭子仪时得帝宠，为汾阳郡王，故连节度使白孝德都"戚不敢言"。作为职级更低的段太尉，对郭晞"纵士卒无赖"一事本应避之不及，他却主动揽事，"以状白府，愿计事"。这是冲突的开始。这一举动，确能体现太尉的责任与担当，所述理由虽充分，但确也给人以"奋不虑死"的草率鲁莽之感。不仅如此，待军士们入市闹事，太尉毫不犹豫将之"皆断头注槊上，植市门外"。平心而论，军士有错，但罪不至死，太尉的做法似乎有违常理，以致"一营大噪，尽甲"。矛盾进一步激化，自然也让人不禁为太尉捏一把汗。

军营里的交锋更精彩，充分展现了太尉的非凡胆识。

太尉婉拒了白孝德派几十名士兵跟随的安排，解下佩刀，独挑选了一个年老跛脚的士兵牵马同至军营。"甲者出，太尉笑且入"，一方如临大敌，一方临危不惧。其勇如此、魄力之大，亦可见一斑。解铃还须系铃人。士兵的骄纵自然是依仗郭子仪，太尉三言两语巧妙地点出了其中的利害关系："不戢士，然则郭氏功名，其与存者几何？"一语惊醒梦中人，郭晞茅塞顿开。峰回路转，故事到此已经很精彩了，太尉这样的表现，足以媲美春秋时期独退秦军的烛之武，可以回去复命了。但是，太尉似乎有些不太满意，又提出了一些看似合理却又不合情的要求：我还没有吃晚饭，你要安排下。吃完了，又说：我要在你这里住一晚。这就有些颐指气使的味道了。他为什么这么做呢？这就体现了太尉考虑问题的细腻与周全了。郭晞屡破敌军，战功显赫，《新唐书》言其"从征伐有功，复两京，战最力"。这样一名骁勇之将，是否真的能从谏如流而不会居功自傲？郭晞所说的"愿奉军以从"是真诚表达，还是敷衍之辞？这些太尉都必须进一步验证。结果是，郭晞不仅接受了太尉的要求，还担心太尉的安全，自己睡觉连衣服也不脱。同时，命警卫敲打着梆子保护段太尉。当年的冯谖步步紧逼，弹铗作歌三试孟尝君，看出了孟尝君的胸怀；文中的段太尉照方抓药，求食索居，看出了郭晞的真诚悔改。至此，可见前述捕杀十七军士一事，亦非太尉的一时冲动与鲁莽，而是其精心谋划、故意激化双方矛盾以杀鸡骇猴、引出郭晞的一招妙棋了。

柳宗元写这一部分内容不过两百多字，情节曲折，环环相扣。对处理焦令谌收租和拒收朱泚大绫两件事用笔则更为简省。但是，这两件事情对段太尉的刻画有着不可忽视的强化作用。

段太尉对强权毫不退让，甚至可以命相搏，对自己，也要求甚严。司马光在《资治通鉴》赞其："奉身清俭，室无姬妾，非公会，未尝饮酒听乐。"他对身边的人亦严加管束，与郭晞纵容下属的行为形成了鲜明对比。但作者从其诸多清廉之事中，独挑选与朱泚有关的事，恐也另有考量。朱泚虽外表宽厚，不吝惜钱财，但为人残忍，野心勃勃，一直想拉拢段太尉。段太尉被召为司农卿。三年后，朱泚就在"泾原兵变"中被拥立为王，僭越称帝。段太尉与之有过不少交往，对此人一定认识，不接纳其财物，不仅是清廉的体现，也是对朱泚的反感和抵制。最终，段太尉以笏击朱泚，为国死义。

段太尉刚直不阿，对弱者也展现了宅心仁厚、爱民如子的一面。面对遭到毒打的农民，大哭，并亲自为农民洗血迹、包伤口、敷良药，"旦夕自哺农者"。不仅如此，还"取骑马卖，市谷代偿"。如果没有对弱小民众发自内心的爱护，是不可能做到这一点的。尹少荣的厉声驳斥、焦令谌的自恨而死，一正一反，进一步将段太尉的精神感召力淋漓尽致地加以凸显和深化。

三则故事繁简交织，相互映衬，"不下史迁作法"。清人何焯就不禁赞道："其精神正在次第婉转深稳顿挫处，神闲气定，笔墨如生。"然也！

吊屈原文

　　后先生盖千祀^①兮，余再逐而浮湘。求先生之汩罗兮，揽蘅若^②以荐^③芳。愿荒忽^④之顾怀兮，冀^⑤陈辞而有光。

　　先生之不从世^⑥兮，惟道是就。支离^⑦抢攘^⑧兮，遭世孔疚^⑨。华虫荐壤^⑩兮，进御羔袖^⑪。牝鸡咿嘤^⑫兮，孤雄束咮^⑬。哇咬^⑭环观兮，蒙耳大吕^⑮。蕫^⑯喙^⑰以为羞兮，焚弃稷黍。犴狱^⑱之不知避兮，宫庭之不处。陷涂藉秽^⑲兮，荣若绣黼^⑳。槎折火烈^㉑兮，娱娱笑舞。谗巧之晓晓兮，惑以为《咸池》。^㉒便媚鞠恧^㉓兮，美逾西施。谓谟言^㉔之怪诞兮，反置瑱而远违^㉕。匿重痼以讳避兮，进俞、缓^㉖之不可为。

　　何先生之凛凛^㉗兮，厉针石^㉘而从之？但仲尼之去鲁兮，曰吾行之迟迟。^㉙柳下惠之直道兮，又焉往而可施？^㉚今夫世之议夫子兮，曰胡隐忍而怀斯？^㉛惟达人^㉜之卓轨^㉝兮，固僻陋之所疑。委故都以从利^㉞兮，吾知先生之不忍；立而视其覆坠兮，又非先生之所志。穷

与达固不渝㉟兮，夫唯服道以守义。矧先生之悃愊㊱兮，蹈大故㊲而不贰。沉璜瘗佩兮，孰幽而不光？荃蕙蔽匿兮，胡久而不芳？㊳

先生之貌不可得兮，犹仿佛其文章。托遗编而叹唱兮，涣余涕之盈眶。呵星辰而驱诡怪㊴兮，夫孰救于崩亡？何挥霍夫雷电兮，苟为是之荒茫。耀娇辞㊵之曜㊶朗兮，世果以是之为狂。哀余衷之坎坎㊷兮，独蕴愤而增伤。谅先生之不言兮，后之人又何望。忠诚之既内激兮，抑衔忍㊸而不长。芈为屈之几何兮，胡独焚其中肠。㊹

吾哀今之为仕兮，庸有虑时之否臧！食君之禄畏不厚兮，悼得位之不昌。㊺退自服㊻以默默兮，曰吾言之不行。既偷风㊼之不可去兮，怀先生之可忘！

【注释】

①祀：年。

②蘅若：杜蘅与杜若，都是香草名。屈原在楚辞中创立了以"香草美人"喻美德的传统，故他和后代继承者作品中的人物或事物，往往都具有象征、隐喻性质。

③荐：进献，献祭。

④荒（huǎng）忽：模糊不清的样子。这里指冥冥之中。

⑤冀：希望。

⑥从世：顺从世俗。

⑦支离：繁琐杂乱。

⑧抢攘：纷乱的样子。

⑨疚（jiù）：病痛，祸害。

⑩华虫荐壤：华贵的礼服被垫在泥土上。华虫，雉鸡的别称，古代常用作冕服上的画饰。荐，垫。

⑪羔袖：羊皮衣袖。《左传·襄公十四年》："余狐裘而羔袖。"意为华贵的狐皮大衣，却配以羊皮袖子。

⑫咿嚘（yī yōu）：象声词。鸡鸣声。

⑬咮（zhòu）：鸟嘴。

⑭哇咬：指民间俚俗音乐。

⑮大吕：古代十二乐律之一，指代高雅音乐。

⑯堇：药名，即乌头，有毒。

⑰喙：此指乌喙，中药附子的别称，叶茎根有毒。

⑱犴（àn）狱：牢狱。

⑲陷涂藉秽：陷入烂泥，坐卧污秽。

⑳黼（fǔ）：古代礼服上绣的白黑相间的花纹。

㉑榱（cuī）折火烈：房屋倒塌，大火烧毁。榱，屋椽，这里指代房屋。

㉒"谗巧"二句：谗言巧语吵吵嚷嚷，却被迷惑得以为是《咸池》古乐。哓（xiāo）哓，吵吵嚷嚷。《咸

池》，古乐曲名，相传为尧时之乐。

㉓便（pián）媚鞠恧（nǜ）：阿谀谄媚，低声下气。

㉔谟（mó）言：有深谋高见之言。

㉕置瑱（tiàn）而远违：塞住耳朵远远躲开。瑱，古人垂在冠冕两侧用以塞耳的玉坠。

㉖俞、缓：俞跗与秦缓，皆古之良医。

㉗凛凛：威严而使人敬畏的样子。

㉘厉针石：引申为医治。厉，磨砺。针石，针灸所用的金针和石针。

㉙"但仲尼"二句：典出《孟子·万章下》："孔子之去齐，接淅而行。去鲁，曰：'迟迟吾行也，去父母国之道也。'"

㉚"柳下惠"二句：意为柳下惠奉行正直之道，不论到哪里都无法施行。典出《论语·微子》："柳下惠为士师，三黜。人曰：'子未可以去乎？'曰：'直道而事人，焉往而不三黜？枉道而事人，何必去父母之邦？'"

㉛"今夫"二句：意为如今世人们议论先生，说您为什么如此隐忍克制而怀恋这个腐朽的楚国。

㉜达人：通达事理的人。

㉝卓轨：高超的行为。

㉞委故都以从利：为个人利益而抛弃祖国。委，抛弃。

㉟穷与达固不渝：不论潦倒还是得意，都矢志不渝。

㊱悃愊（kǔn bì）：至诚。

㊲大故：重大危难。多指对国家、社会有重大影响的祸患。

㊳"沉璜"四句：意为美玉不论被沉于水底还是埋在土中，都不会因幽深而失去光泽；香草被隐蔽藏匿，时间再久也不会失去芬芳。璜、佩，均为美玉。瘞（yì），掩埋。荃、蕙，均为香草名。

㊴呵星辰而驱诡怪：与下文"挥霍夫雷电"，均指屈原的《天问》《离骚》等作品中的有关内容。

㊵姱（kuā）辞：美好的言辞。

㊶瞠（tǎng）：眼神直视的样子。

㊷坎坎：忧愤不平。

㊸衔忍：引申为隐忍。衔，心中怀着。

㊹"芈（mǐ）为屈"二句：意为芈姓与屈氏还有多少关系呢？你何必为之忧心如焚。楚国王族的远祖本姓芈。周文王时，芈姓中有位叫"鬻熊"的，忠心耿耿。后来，周成王便把楚国封给鬻熊的曾孙绎，绎以曾祖鬻熊的名字"熊"为氏，故楚国王族便姓"熊"。春秋时，楚武王熊通之子瑕，担任"莫敖"之要职，被封在屈地，其家族便以"屈"为氏，屈原就是屈瑕这一支族的后裔。

㊺"吾哀"四句：意为我悲哀于当今的为官者，他

们哪里会关心世道之善恶兴衰。他们只怕俸禄不够丰厚，只忧心官位不够高。庸，岂。否（pǐ），恶。臧，善。

㊻自服：未仕时之服。此指退隐以洁身自好。

㊼偷风：苟且浇薄的世风。

【赏读】

吊最早为"问终"之礼，是古代丧礼的重要组成部分。《说文解字》中"吊"的解释是："吊，问终也。从人弓。古之葬者，厚衣之以薪，故人持弓，会驱禽也。"所以吊文较早有"吊丧"的意思，如《庄子·至乐》中："庄子妻死，惠子吊之。"后来，吊文逐渐成为一种文体，要求"哀而有正"。刘勰在《文心雕龙》中指出："夫吊虽古义，而华辞末造；华过韵缓，则化而为赋。固宜正义以绳理，昭德而塞违，割析褒贬，哀而有正，则无夺伦矣。"

柳宗元的《吊屈原文》是唐代第一篇吊屈原的吊文，也是作者写作的第一篇"骚体文"，被认为是继贾谊《吊屈原文》之后的又一力作。

文章虽是吊屈原文，但其实是借吊屈原而自吊。

文章先交代写作的缘由。柳宗元被流放永州，途经湘水，面对屈原曾流连过的湘江，捧读屈原的遗著，想起自己与屈原有着相似的理想、相似的精神、相似的遭遇，这使柳宗元与屈原产生了共鸣。但时间的相隔、生死的相隔，又勾起了柳宗元无限的惆怅。正如林纾所说："……盖必循乎古义，有感而发，发而不失其性情之正；因凭吊一人而抒吾怀抱，尤必事同遇同，方有肺腑中流露之佳文。"正因为如此，柳宗元希望屈原冥冥之中能对自己有所关照，所以此文的首段才会说："求先生之汨罗兮，揽蘅若以荐芳。愿荒忽之顾怀兮，冀陈辞而有光。"这里柳宗元表达的是自己有此荣幸，能够到此悼念屈原，但从中我们感受更多的却是柳宗元的心酸与无奈。

　　既然是吊屈原，就必须对屈原当时所处的社会状况进行介绍。作者一开始就评价屈原"不从世兮，惟道是就"的高尚品格，高度称赞他从来不与世俗同流合污，坚守内心的操守。进而，用"华虫"与"羔袖"、"牝鸡"与"孤雄"、"哇咬"与"大吕"等一系列的比喻，进行了美丑善恶的对比。在肯定屈原的同时，充分揭露了当时黑白颠倒的纷乱世道、宵小之徒胡作非为的丑态以及楚怀王听信谗言、不辨正邪的糊涂。"匿重痼以讳避兮，进俞、缓之不可为"，以目前的症状看，就是请来最擅长外科手术的上古良医俞跗和春秋时秦国的名医秦缓，也都将束手无策——这更是揭示了病入膏肓的楚国必然消亡的历史趋势。

　　柳宗元对屈原的肯定与颂扬是发自内心的，而且非常强烈。他用了数个反问句，不无悲愤地质问："何先生之凛凛兮，厉针石而从之？"如此的凛然正气，为什么还要设法医治腐朽的楚国？表面上看是劝阻屈原，实际上是通过屈原知其不可为而为之的执意行为，颂扬其忠贞与坚定的操行。接着连发两次反问："沉璜瘗佩兮，孰幽而不光？荃蕙蔽匿兮，胡久而不芳？"更是以香草和美玉作比，热情讴歌了屈原至死不渝的高尚的爱国情怀和美好品质。作者"托遗编而叹喟兮，涣余涕之盈眶"，捧着屈原的作品，情难自已，泪流满面。他为屈原的遭遇而愤怒，为屈原鸣不平和悲哀的同时，也是在为自己感到不平和悲哀。"哀余衷之坎坎兮，独蕴愤而增伤"，或许从那个时候开始，柳宗元就已经把屈原作为自己的人生坐标。他在《与许京兆孟容书》中就说道："不得志于今，必取贵于后。古之著书者皆是也。"现在，我们可以很清晰地看到，作者创作的巅峰从这里就开始了。

　　柳宗元是能够理解屈原的。当时楚国的环境何尝不似柳宗元当时所处的环境，柳宗元何尝不是像屈原那样坚守自己的理想志向，又何尝不是被他人诽谤误解。正因为如此，他能够对屈原所遭受的一切都感同身受。他的心酸和无奈在最后一段表达得尤为强烈，因为难以实现自己的主张，只能反身自守默不作声；恶劣的社会风气难以改变，只有长怀先生，永不遗忘。

　　此文整体的情感基调是哀怨激愤，与屈赋在情志与情调上十分相似，所以严羽《沧浪诗话》才会认为："唐人惟柳子厚深得骚学，退之、李观皆所不及。"章士钊在《柳文指要》中也评价此文："足见子厚骚学本领，骚意亦同屈原一致。"

祭弟宗直^①文

维年月日^②。八哥^③以清酌之奠，祭于亡弟十郎之灵。吾门凋丧，岁月已久，但见祸谪，未闻昌延，使尔有志，不得存立。延陵^④已上，四房子姓^⑤，各为单子^⑥，恺恺^⑦早夭，汝又继终，两房祭祀，今已无主。吾又未有男子^⑧，尔曹则虽有如无。一门嗣续，不绝如线。仁义正直，天竟不知，理极道乖，无所告诉。

汝生有志气，好善嫉邪，勤学成癖，攻文致病，年才三十^⑨，不禄^⑩命尽。苍天苍天，岂有真宰？如汝德业，尚早合出身^⑪，由吾被谤年深，使汝负才自弃^⑫。志愿不就，罪非他人，死丧之中，益复为愧。汝墨法绝代，知音尚稀，及所著文，不令沉没，吾皆收录，以授知音。《文类》之功，更亦广布，使传于世人，以慰汝灵。知在永州，私有孕妇，^⑬吾专忧恤，以俟其期。男为小宗，女亦当爱，延子长大，必使有归。抚育教示，使如己子，吾身未死，如汝存焉。

炎荒万里，毒瘴充塞，汝已久病，来此伴吾。到未数日，自云小差⑭，雷塘灵泉，言笑如故。一瞑不觉，便为古人。茫茫上天，岂知此痛！郡城之隅，佛寺之北，饰以殡绹⑮，寄于高原。死生同归，誓不相弃，庶几有灵，知我哀恳。

【注释】

①宗直：作者的堂弟柳宗直，字正夫，比作者小十岁。秉性刚健使气，好学多才。作者贬谪永州，他陪同前往。在永州期间，撰写史书《西汉文类》四十卷，作者为之作序。元和十年（815）夏，作者再迁柳州，随后宗直也来到柳州。途中得了疟寒，七月十七日，他跟随作者到雷塘（在今广西柳州龙潭公园内）神所祈雨，回来时在灵泉（在今广西柳州立鱼峰东南山脚下）游泳，高兴而归，却不料当晚睡下后便不再醒来。

②维年月日：古代祭文的开头格式。作者另有《志从父弟宗直殡》文，说宗直出殡时间是元和十年（815）七月二十四日。

③八哥：唐人以同祖父的从兄弟大小论排行，作者为第八，故称。宗直排行第十，故下句称其"十郎"。

④延陵：当为柳氏宗族中某人名，具体不详。

⑤子姓：子孙。

⑥单孑（jié）：孤单。此指一子单传。

⑦慥（zào）慥：亦当为其家族中某人名，具体不详。

⑧吾又未有男子：据记载，作者有两个男儿，长曰周六，次曰周七，都是到柳州后出生的。作者于元和十四年（819）死时，长子周六才四岁，可知作本文时，还没出生。次子周七则为遗腹子。

⑨年才三十：宗直死时年三十三，这里是举其成数。

⑩不禄：对士人短命去世的讳称。

⑪出身：指科举考试中选者的身份、资格。后亦指学历。

⑫负才自弃：有才能却不得上进。"自弃"是委婉的说法。

⑬"知在"二句：据考证，宗直在永州时，与当地一女子同居，此时该女子已怀孕，但并未随宗直来柳州。据说后来此女生下一男，即为永州零陵柳氏家族的始祖。

⑭小差：疾病略有好转。

⑮绋（zhèn）：牵引灵车的绳索。

【赏读】

祭文发源于古人的祭祀活动，古代作家大都用祭文来追念亡者，表达哀悼之情，用柳宗元的话说，就是"以告明灵，临觞永恸，庶写哀诚"。（《为韦京兆祭太常崔少卿文》）本文是柳宗元给从弟柳宗直写的祭文，文章虽简短却意甚明了，字里行间充斥着对宗直英年早逝的锥心之哀和手足断落、阴阳相隔的刺骨之痛。

柳宗元没有亲兄弟，只有两个姐姐，"长适博陵崔简""次适绛州裴瑾"，均过早去世。虽然他说"八哥以清酌之奠，祭于亡弟十郎之灵"，可见他的同族兄弟不少，但他与宗直的感情最好。柳宗元自谪居永州起，就一直把宗直带在身边。他们患难与共，情谊深厚，使柳宗元在遭受贬谪的严重打击时仍能得到亲情的慰藉，度过了人生中最为艰难的岁月。

文章开篇点题后，即道出柳氏家族一衰不振的时日之长、亲人亡故和贬谪之事频频发生的历史事实和现状。"吾门凋丧，岁月已久。但见祸谪，未闻昌延"，四房子孙辈都只有一子传代，而早早夭折的子孙加上如今宗直的英年早逝，使得家族更为凋散，甚至"两房祭祀，今已无主"。柳宗元自己也是茕茕孤立，宗直过世时，他的身边还未有子息（母亲是到永州的第二年过世；女儿和娘到永州的第四年病亡；宗直过世的第二年，长子周六才出生）。家族的门衰祚薄，让非常重视亲情的作者的哀叹更显厚重。他质问天公，为何理应得到庇佑的正直仁义之人却落得如此下场，对天公无知的责备中饱含的是内心无尽的苦楚与无奈。

　　除了亲情的因素，柳宗直"刚健好气"、爱憎分明、疾恶如仇、多才多艺，他的品性、才华也让柳宗元十分赞赏。作者不惜笔墨，述其才华，说柳宗直"勤学成癖，攻文致病"，且"墨法绝代"，这些都与作者的脾性十分相似。宗直的成就不止这些，他还喜读古书，编撰了一部四十卷的《西汉文类》。这本《西汉文类》，以类集纂，所选文体以应用文为主，涉及颂、书、奏、诏、策、辨、论、箴等多种文体，明显是"对前人文学总结"及"指导学习写作"，所以后人认为，柳宗直编选《西汉文类》，其主旨之一即是为了配合柳宗元所倡导的古文运动。可以说，宗直的遽然离世不仅让原本孤苦的柳宗元失去了一位亲人，也失去了一位深交十余年的挚友和志同道合的战友。"苍天苍天，岂有真宰？"作者再次呼告和发问，内心之悲切，无以言表！

　　实际上，柳宗元对宗直的亡故"益复为愧"，抱着深深的自责和愧疚。他始终认为以宗直的才能和品性理应"早合出身"，早就应该有进士的身份了。想来是因为自己"被谤年深"，才使得他"负才自弃"，无禄以终。这也使得柳宗元的痛苦又加重了一层，字里行间充满了一种锥心刺骨的愧疚之感，使人读来哀怨又悲凄。为了告慰宗直的在天之灵，柳宗元不顾自己的健康状况和处境的不顺，尽力把宗直的身后事安排妥帖。他的考虑是很周全的，不仅收录宗直所著诗文，广布《西汉文类》，还对其有孕之妇"吾专优恤，以俟其期"，并承诺将其遗腹子视如己出："使如己子，吾身未死，如汝存焉。"此等肺腑之言，掷地有声，令人痛断心肠，不忍卒读。

　　最后一段，作者强忍悲痛，回忆了宗直去世的原因，交代了安葬的情况。结尾"死生同归，誓不相弃，庶几有灵，知我哀恳"，能明显感觉到他内心痛苦的战栗。怎样的哀痛，能让他说出"死生同归"这般话来！对此章士钊评曰："两人恭友交切，依倚极深，此子不禄，于子厚摧伤沉重，文之悲痛真挚，抑何待言？"

图书在版编目（CIP）数据

柳宗元小品／（唐）柳宗元著；冯直康，汤化注评.
—郑州：中州古籍出版社，2020.12
（唐宋小品丛书／欧明俊主编）
ISBN 978-7-5348-9528-9

Ⅰ.①柳… Ⅱ.①柳… ②冯… ③汤… Ⅲ.①小品文
-作品集-中国-唐代 Ⅳ.①I264.2

中国版本图书馆 CIP 数据核字（2020）第 239626 号

柳宗元小品

选题策划　　梁瑞霞
责任编辑　　吕　玲
责任校对　　苏晓园
装帧设计　　书籍/设计/工坊
　　　　　　刘运来工作室

出　版　中州古籍出版社
　　　　　地址：郑州市郑东新区祥盛街 27 号 6 层
　　　　　邮编：450016
　　　　　电话：0371-65788693
印　刷　河南新华印刷集团有限公司
版　次　2020 年 12 月第 1 版
印　次　2020 年 12 月第 1 次印刷
开　本　787 毫米×1092 毫米　1/32
印　张　10.25 印张
字　数　200 千字
定　价　49.00 元

ISBN 978-7-107-20284-1